I0666014

www.ingramcontent.com/pod-product-compliance
Lightning Source LLC
Chambersburg PA
CBHW060246030726
47493CB00025B/2847
* 9 7 8 1 7 7 7 8 8 6 0 4 2 *

ASMANA
PUBLICATION

انتظار خواب از یک آدم نامعقول

مجموعه داستان کم

مهدی گنجوی

انتظار خواب از یک آدم نامعقول
مجموعه داستان کم

نویسنده: مهدی گنجوی
ناشر: آسمانا، تورنتو، کانادا
طرح جلد: مهدی پوریان
صفحه‌آرا: محمد قائمی
نوبت چاپ: اول، ۱۳۹۹/۲۰۲۰

به ایده که شور کلمه است

فهرست

رازها

یک پاپکورن بزرگ شما را به مهمانی دوستانش دعوت کرده است. شما نمی‌دانید چه لباسی برای این مراسم بپوشید. آیا باید کت و شلوارتان را بپوشید یا به لباس‌های صمیمی‌تری مراجعه کنید؟ نمی‌دانید وارد آن‌جا که می‌شوید ممکن است پایتان روی خرده پاپکورن‌های ریخته روی زمین برود و کسی را ناراحت کنید یا این‌که همه‌ی پاپکورن‌ها خودشان را با بهترین تجهیزات حفظ کرده و محکم هستند. حتی به صنعتِ چسب زدن دانه‌های پاپکورن به یکدیگر فکر می‌کنید.

این‌ها همان‌قدر برایتان عجیب است که خاطره‌ی آن روز که با پدرتان به بیابان رفتید چرا که پدرتان می‌خواست یک کاکتوس خیلی گنده را متلاشی کند. بمب خانگی ساخته بود و با احتیاط آن را تا بیابان حمل کرد و پای یک کاکتوس را گود کرد و کمی از تنه‌ی آن را هم با چاقو خراش داد و بمب را گذاشت آن‌جا. بعد از بمب فاصله گرفتید و پدرت به تو گفت: «آماده هستی؟ یادت باشد این بین خودمان می‌ماند».

درست عین حرفی که پاپکورن وقتی که شما را به مهمانی دعوت کرد گفته بود.

میل

همیشه دوست داشت که عروسک‌هایش را، وقتی کنار برف‌ها می‌میرند، نگاه کند. یک جور وسواس شخصی که از خانواده‌ای که یک بار یک آخر هفته را در کودکی با آن‌ها گذرانده بود به یادش مانده بود. میلی که از همان آخر هفته هر چند ماهی یک بار به تناوب به سراغش آمده و او را می‌کشاند به خریدن انواع عروسک‌ها.
همیشه هم روز اجرای مراسم، روز خاصی بود. از اول صبح لاک‌هایی را که شب یا روز قبل زده بود می‌کند، اما جدا نمی‌کرد. بعد زخم‌هایی را که روی دستش برای همین مراسم درست کرده بود می‌کند.
میلی غریب به بی‌ریخت و هولناک کردن خودش. تنها بعد از نشان دادن بیشترین حالت حماقت‌بارِ وجودی‌اش بود، که سبک می‌شد و بر می‌گشت سراغ حق دادن به نگاه سرزنش‌گر خانواده، دوستان و مردم. مثل کودک به پستانک پلاستیکی.

شباهت

هیچ‌وقت هیچ‌کس نمی‌فهمید که هیچ‌کس دیگر دارد چه کار می‌کند. اوضاع آرام آرام این‌طور شد. اول بعضی‌ها بودند که معلوم نبود کارشان چیست. کم‌کم بیشتر شدند، بیشتر شدند و اکثریت را به دست آوردند. بعد قانونِ نیرویِ کششِ اکثریت جواب داد و تعداد بیشتری از اقلیت به اکثریت تمایل پیدا کردند. در نهایت شد روزی که هیچ‌کس نمی‌دانست.

به محبوبم، که لباسش را آرام‌آرام در می‌آورد، گفتم که هیچ‌چیز نمی‌تواند مانع وصال ما شود. او خنده‌ای زد و با نشان دادن پنجره‌ی خانه‌اش به من، گفت: «حتی اگر الان از داخل این پنجره یک کرکس بزرگ داخل بیاید»؟ من با قاطعیت گفتم: «حتی یک کرکس گنده». همان لحظه پرده دریده شد و جانور عظیم ناقص‌الخلقه‌ای پدیدار شد. نه منقارش به چیزی آشنا می‌مانست و نه شکل پنجه‌هایش. معلوم بود که هیچ بر رفتار خود حاکم نیست و سرتاسر دارد از غرایزش، که نوک زدن و حمله کردن بود، ارتزاق می‌کند. وقتی هم مرا نمی‌خورد، غرایزش را می‌خورد. از این نظر شبیه محبوبم بود.

مطب دامپزشکی

توی مطب دامپزشکی زن به هر مکافاتی که بود سگ را توی بغل خودش نگه داشته بود. سگ به قدری بزرگ بود که به سختی توی بغلش جا می‌شد. وقتی دوستم ع از او پرسید که سگ چند ساله است، او جواب داد سه ماهه است. من با تعجب به سگ نگاه کردم که خیلی بزرگ‌تر از سن و سالش می‌زد. بعد زن با اشاره به نصفه‌ی صورتش که معلوم بود در یک حادثه سوخته است، گفت: «هی روی این جای صورتم چنگ می‌اندازد». من نگاهی به آن‌جا انداختم. آن‌جای صورتش پر از بریدگی بود و خمیدگی‌های غیر متعارف.

در همان لحظه سگ چنگ انداخت و چنگش را فرو کرد توی صورت زن. من و ع آن‌جا بودیم و دیدیم که خون از صورت زن بیرون زد و جهید روی سر و صورت سگ. سگ زبانش را در آورد و خون را لیس زد و بعد رو به ما کرد و پارس کرد انگار دارد به ما هم تعارف می‌کند. ع گفت: «می‌خواهی زودتر از این‌جا برویم»!؟ من جواب دادم: «باشد برویم اما خانه کار خاصی برای انجام دادن نداریم».

چنین گفت

.۱

وقتی که نیچه جملهی معروف خود، «خدا مرده است» را نوشت، لابد خبر از خواب عین‌القضات نداشت. شما هم شاید چندان خبر از این خواب نداشته باشید. یک بار عین‌القضات خوابی دید:

و در آن خواب الفی دید، و هر چه آن الف را می‌گشود باز الفی می‌دید و هر چه آن الف را دور می‌کرد باز الفی می‌دید، و حتی وقتی آن الف را پشت سرش قرار داد باز الفی دید، و عین‌القضات از خواب پرید و یک روز در حیرت بود، روز دوم گفت که آن الف، الف کلمهی الله بوده است.

.۲

بعدها نیچه معتقد شد، بعد از مرگ، و شاهد مومن شدنش همین شهید عین‌القضات بود و برادر استادش امام محمد غزالی. و نیچه آماده بود که بگوید: «من باور می‌کنم...»، که ناگهان عین‌القضات نعره‌ای برآورد و به گوشه‌ای خزید. وقتی بازگشت، دستارش در دستانش بود و رخساره‌اش پر آب. گفت: «شاید آن خواب اضغاث احلام (خواب‌های پریشان) بوده است».

هیچ‌کس انکار نکرد، زیرا که بزرگ‌ترین منکر، آنجا بود و خود، ساکت: امام غزالی. غزالی سردرجیب تفکر داشت که: «باری من به همه چیز شک کرده‌ام، به این چرا نکنم؟ شاید آنچه به نظر من بدیهیات می‌آید، بدیهی نباشد. من خود بارها خواب دیده‌ام و همه چیز در خواب بدیهی و مسلم بوده است و چون از خواب پریدم همه چیز باژگونه بوده؛ مشتی حرف که باد به هم وصل کرده».

۳.

و باز عین‌القضات را به خواب تشویق کردند و امام غزالی و نیچه بالای سرش هراسان بودند، که باز خواب ببیند و سِرّ آن الف را کشف کنند. عین‌القضات خواب رفت و خواب دو مرد را دید که بالای سر کسی هستند که خواب است و خواب دو مرد را می‌بیند که بالای سر کسی هستند که خواب است و خواب دو مرد را می‌بیند که بالای سر کسی هستند که خواب است و عین‌القضات از خواب پرید، نیچه تازه اشهدین را گفته بود و داشت نماز را می‌بست و عین‌القضات از خواب پرید و امام گوشه‌ای افتاده بود مست و عین‌القضات از خواب پرید و فکر کرد که خواب است و بازخوابید و عین‌القضات از خواب پرید و هیچ ندید جز الفی را و آن الف، الف عین‌القضات بود.

۴.

حالا نیچه جمله‌ی معروف خود را این‌گونه ادامه می‌دهد : خدا مرده است؟

خدا مرده است!

و در زیر متنش نوشت : نیچه؟

شاهد

پنج نفر شاهد صحنه‌ی خودکشی من بودند. اولی در فاصله‌ی یک متری من و آخری در شعاع شش متری من. چهارتای آن‌ها سیگار می‌کشیدند و یکی‌شان داشت لب‌هایش را گاز می‌گرفت. سه نفر از آن‌ها شب‌ها کار می‌کردند و دو نفر روزها. دو تا در طی هفته‌ای که گذشته بود هر شب مست کرده بودند و سه‌تایشان می‌خواستند آخر هفته بکنند. چهارتاشان متاهل بودند و یکی مجرد، که از قرار ملاقات با نامزدش آمده بود یک سر به انتهای کوچه‌ای که از قضا من با بنزین در انتهای آن ایستاده بودم. دوتاشان زن بودند و یکی مرد. دوتا را هم نمی‌شد تشخیص داد. شش نفر حرف می‌زدند و دوتاشان لال بودند. نُه‌تاشان سایه داشتند و هشت‌تاشان نَه. بعد هر پنجاه نفرشان به سمت من دویدند.

بعد دوتاشان رفتند و سایه‌شان روی کول‌شان بود و یکی‌شان نشست. بعد تنها شاهد عزیز من درست روبه‌رویم بود. بعد دیگر صحنه‌ی خودکشی من شاهدی نداشت.

خاطره

اولین خاطره‌ای که از کودکیش یادش بود این احساس عجیب بود که دارد صدای امواج دریا را از مبل خانه‌شان می‌شنود. مبل به طرز مایوس‌کننده‌ای ثابت و بی‌تحرک بود. چند وقت بعد یک نفر سرش را وارد غشای زرد رنگی که او در آن می‌زیست کرد و به او گفت که سربازهای کشور همسایه به کشور آن‌ها حمله کرده‌اند.

بزرگ‌تر که شد، عادت حرف زدن با اشیا از سرش افتاد. اصلا به آن می‌خندید. اما به جایش وسواس‌های تازه‌ای به سراغش می‌آمد. هر بار یک چیز. گاهی شبانه از ترس این‌که درِ خانه قفل نشده در تاریکی راه می‌رفت و می‌رفت و در را امتحان می‌کرد؛ مبادا دزد نیمه شب به خانه‌شان بیاید به قصدِ ربودن و کشتن. و همیشه هم فکر می‌کرد که دزد، اول پدرش را می‌کشد، بعد سراغ او و مادرش خواهد آمد. هیچ وقت نمی‌توانست فکر کند که پدرش می‌تواند دزد را بکشد.

پدرش تنها یک پند درست و حسابی در زندگی‌اش به او داد؛ شاید تنها حرف درست و حسابی‌ای که در زندگی‌اش زد:

«مورچه‌ای که حواسش پرت باشد به جای کارگاه خودش می‌رود یک کارگاه دیگر. می‌شود کارگر آن‌ها».

خال گوشتی

هر روز اعضای بدنش را به دنبال جابه‌جایی یا افتادگی یا فرو رفتگیِ نوظهور چک می‌کرد. می‌گفت: «انسان پیروزی وسواس است بر شادی». یک بار به من گفت: «بدن ما شبیه یک ساختمان قد می‌کشد ولی شبیه یک چمدان پیر می‌شود». همیشه عادت به حرف‌های قلمبه سلمبه داشت. یک جور ورزش ذهنی. می‌گفت عاقبت روزهایی است که در کودکی از مدرسه به اداره‌ی مادرش می‌رفته و سرگرمی‌اش خواندن اعلان‌های دولتی بوده: آموزش زبان با آیین‌نامه‌های اداری. یک بار وسط آن کار از حس مرموزی می‌گفت که او را به یاد برپا و برجا دادن‌های سرکلاس می‌انداخت. آن‌چه در سرش می‌گذشت در یک جمله خلاصه می‌کرد: «یک جور معاشقه‌ی بی‌معنی با گذشته‌ای که به لعنت خدا هم نمی‌ارزد».

ـ آهان! خالِ گوشتیِ تازه!

بعد تا مدتی چیزی نمی‌گفت.

سرنوشت یک بیت

پدربزرگ من شاعر بود و شیخ خانقاه شیراز. در عین حال مدت‌ها ریاست جلسات شعری را بر عهده داشت و به سیاق وحشی بافقی و در راستای مکتب بازگشت شعر می‌سرود. اما این داستان او نیست. داستان یکی از بیت‌هایی‌ست که او سرود.

یک روز مدیران کل دادگستری به شیراز آمده بودند و از او که شغلش مدیریت دفتر دادگاه بود خواستند که فی‌البداهه شعری به افتخار حضور آن‌ها بسراید. می‌گویند پدربزرگم، اسمش مرتضی حناوندی بود، سرود: «در بارگه داد به کس داد ندادند، بنیاد کسی نیست که بر باد ندادند»!

این بیت ماند و ماند و حتی در دیوان منتشر شده از او نیز منتشر نشد.

سال‌ها گذشت تا این‌که محمد خان سمیعی... محمد خان سمیعی گنده‌لات شیراز بود در دهه هفتاد و اوایل دهه هشتاد. سال هشتاد و پنج در پی ارتکاب جرایم تازه، که گویا آخریش منجر به مرگ زنی حامله شده بود، به اعدام محکوم شد. روز اعدامش در شیراز معروف است. آن قدر که فایلش مدت‌ها در گوشی موبایل‌ها می‌چرخید. قبل از این که طنابِ دار را دور گردنش بیندازند، دستش را دور طناب انداخت و اجازه دادند آخرین حرفش را قبل از مرگ بزند. گفت: «مردانه مُردم»!

در این‌که خیلی‌ها این به روایتی «گنده لات» را «قهرمان» می‌دانستند جای شک

نیست. این را می‌شود از عکس‌های موجود از پارچه‌نویسی‌های دم در خانه‌اش فهمید که روی یکی‌شان نوشته بود: «فراق محمد رضا که قلب مهربانش در محبت به اطرافیان...».

وقتی خواستند روی سنگ قبرش شعری بنویسند، همان بیت مرحوم پدربزرگ، شیخ خانقاه، را نوشتند: «در بارگه داد به کس داد ندادند. بنیاد کسی نیست که بر باد ندادند».

می‌گویند دشمنان محمد خان که این سنگ‌نبشته را دهن‌کجی به خود و سیستم قضایی می‌دیدند شبانه سنگ قبرش را شکستند. راهی نماند جز این‌که سنگ قبرش را، به روال سنگ قبرهای در معرض شکستن در تاریخ ایران، از بتون بسازند و نگذارند هیچ بیت شعری را روی آن بنویسند.

دیگر کسی از این بیت پدربزرگم استفاده‌ای نکرده، یا من خبر ندارم.

مجرا

زیبارویان دور تا دورم را فرا گرفته بودند. هواکش اتاق کار نمی‌کرد. از آن‌ها می‌خواستم کمی فاصله بگیرند تا هوای اتاق بازتر شود. از بیرون صدای ناله می‌آمد. یک ناله‌ی غمگین. احتمالا گربه‌ای که عضویش به درد آمده بود. توی حیاط تک‌درخت خانه‌ی ما زیر نور ماه جا خوش کرده بود. تکه نایلونی، که آن روز صبح وصلش کرده بودم، داشت در باد می‌لرزید. صحنه‌ای بی‌مورد برای دیدن وسط مهمانیِ عریانیِ دسته‌جمعی در زیرزمین خانه‌مان.

از دور می‌دیدم که بدن بی‌نقصش به سمتم می‌آمد. هر قدم که پیش می‌آمد نگاهم حریص‌تر می‌شد. وقتی جلویم ایستاد، تقریبا دهانم از کار افتاده بود. با حرکتِ آرامِ سر مسیر اتاق را نشانم داد. موضوع برای هر دوی ما روشن بود. نگاهی به پایین تنه‌ی من انداخت و پوزخندی زد. نگاهی به پایین تنه‌ی دیگران کردم و پوزخندی زدم. همه مساوی بودیم با ابعادی مختلف. مثل ظرف‌های آزمایشگاه: تعبیه شده مخصوص اسیدهای مختلف.

شرح حال

یک روز صبح درِ خانه را باز کردم و دیدم که ردیف دستشویی‌ها جلوی خانه‌ها مستقر شده است. از دستشویی اول پرسیدم داستان از چه قرار است؟ از آن قماش نبود که جوابی بدهد. از دستشویی دوم پرسیدم. سری تکان داد یعنی برو رد کار خودت. از دستشویی سوم دیگر خودم فهمیدم که این‌جا کسی جواب بده نیست. برگشتم خانه و دیدم همسرم دارد از دستشویی جدید روی مبل استقبال می‌کند.

یک روز صبح در خانه را باز کردم، دیدم که یک گلدان چینی با گلی تویش، دمِ درِ خانه است. گلدان و گل را داخل آوردم و به همسرم نگاه کردم. او هم متعجب به من نگاه کرد.

باران را آورده بودند داخل. می‌خواستند آن را روی سقف آویزان کنند. من به همسرم نگاه می‌کردم که از این کار راضی نیستم. همسرم شانه‌ای بالا می‌داد.

لایه

داریم به لایه‌های عمیق یک رویا نزدیک می‌شویم. همه چیز پیرامون ما دارد تو می‌رود. جوری که اعتمادمان به چشم‌هایمان کم می‌شود. چیزی که از دور می‌بینیم روشن نیست، ماهیتی لغزنده دارد. کم‌کم نوعی غشا دور آن می‌یابیم، غشایی که هر چه به ما نزدیک‌تر می‌شود، انسان‌وارتر می‌شود.

غشا به ما سلام می‌کند:

-سلام پسره! تو می‌دونی چطوری می‌تونم خودم رو به منبع اکسی توسین برسونم؟
-سلام! نزدیک‌ترین منبعی که من می‌شناسم ده روز پیشه!

در این دنیا ما نمی‌توانیم جغرافی را بدون زمان بررسی کنیم. همیشه چیزی که در جای دیگر دیده‌ایم، چند روز قبل است.

آن دختر قبل از این‌که از من دور شود ازم می‌خواهد کمکش کنم، شاید خودش کمی اکسی توسین ترشح کند. دست‌هایش را گرفتم. گرم بود. ناامیدانه عرق ریختیم.

مصاحبه شغلی

دیرم شده. این مهم‌ترین مصاحبه‌ی شغلی زندگیم است. یک احمق به ماشینم زد و باید کلی منتظر می‌ماندم تا مدارک ماشین را تبادل کنیم. ساعت نه و چهل و شش دقیقه است. باید کم‌تر از ۱۵ دقیقه دیگر ماشینم را پارک کرده باشم و خودم را به ساختمان رسانده باشم و دکمه‌ی آسانسور را زده باشم و خودم را به طبقه‌ی چهاردهم رسانده باشم. وای، اگر آسانسور از آن کُندها باشد چه؟ تلفنم دارد زنگ می‌خورد. بگذار برود روی پیام‌گیر. ساعت نه و چهل و هشت دقیقه. دوباره تلفنم زنگ خورد. چه قدر کُندند ماشین‌ها. باز تلفنم زنگ خورد. حتما همسرم است، می‌خواهد ببیند به موقع رسیده‌ام یا نه. نگاه می‌کنم. سیزده تماس بی‌پاسخ روی گوشی‌ام! خدای من. بهش زنگ می‌زنم. همین که گوشی تلفنش دارد زنگ می‌خورد نگاهی می‌اندازم از شیشه‌ی ماشین به بیرون. هر سه نفری که در ماشین کناری من نشسته‌اند، دارند گریه می‌کنند. تلفن را بر نمی‌دارد چرا. می‌زنم صدای ضبط شده را بشنوم. خالی است. ضجه‌ی زنی حواسم را به بیرون پرت می‌کند. مردی زیر بغلش را گرفته. مرد هم حال بهتری ندارد. رادیو را روشن می‌کنم. صدای هق‌هق مجری لای خش‌خشِ همیشگیِ رادیو. آن‌قدر عصبی شده‌ام که موج بعدی را پیدا نمی‌کنم. درِ ماشین را باز می‌کنم و پیاده می‌شوم. روی کاپوتِ ماشین می‌پرم و به سر چهارراه نگاه می‌کنم. راننده‌ها

روی زمین نشسته‌اند و سرشان را بین دست‌هایشان گرفته‌اند. هراسان پایین می‌آیم. یک بی‌خانمان با پتویی دور خودش سمتم می‌آید؛ بوی گندش دنیایم را برمی‌دارد. می‌پرسد: «داداش خبری شده»؟

نور سفید بزرگی می‌بینم که از دوردست می‌آید. نمی‌دانم چه بگویم. دست آن بی‌خانمان را می‌گیرم از ترس. دستش را از توی دستم درمی‌آورد. می‌خواهد برایم چاقو بکشد؟ نور سفید بزرگ هر چه نزدیک‌تر می‌آید کثیف‌تر می‌شود و بعد، بادی از گردوخاک تمام سروصورتم را با خود از زمین برمی‌دارد.

عضویت

برای عضویت در این کلوب باید همراه با چیزی که بیشتر از همه از دست دادنش برایتان سخت است به خانه بروید. بعد آن چیزِ فرضی را بگیرید و قطعه قطعه کنید. دفن کنید. بعد یاد این بیفتید که زمانی خوابی دیده‌اید که در آن، این چیز، زن یا مادر زن شما بوده است و شما همیشه به اشتیاق مادر به سوی دختر می‌رفتید و دختر همیشه توجهش به پیرمردی بود که انگار می‌خواست زیبایی دختر را در هر دیدار با تمام وجود در خاک فرو کند.

بعد همه چیز آن‌طور که نباید پیش رفت. مادر مُرد و دختر هم در آغوش پیرمرد رفته بود. شما مانده بودید که چه کنید. اشتیاقِ هولناک شما دلش می‌خواهد دختر را زود پیر کند. او دنبال چیزی در دختر است که همیشه فرداست.

درست این لحظه است که شما از عضویت خودتان در این کلوب مطلع می‌شوید.

هم

خواب دیدم زنی که هم معصومه دختر همسایه‌مان، هم فری دختر محله‌مان، هم مستان در دانشگاه، هم مارال در دوره مجردی و هم همسرم بود و البته شباهت به مادرم و کمی هم مادر پدرم می‌داد و ته لحنی از خاله و یک چیزی از پوست عمه را بر دوش می‌کشید رو به من گفت: «گُه»!

این دارد از آن حال و هوا خارج می‌شود که.... مهم نیست.

شما به این آقایی که همین الان دارد می‌آید نگاه کن. همان که چتر سیاهی دارد و موهایش را با کلاه پوشانده. بله دیدیدش. او به شما که برسد خوابتان تمام می‌شود. هر کار هم که می‌کنید به شما می‌رسد. در دنیای ما به این تمام شدن ناگهانی می‌گویند: تعبیر.

محدود

تو یک نویسنده هستی. البته با مخاطبان محدود. هر وقت دوست داشتیم خودت را به ما نشان می‌دهی. به میزانی که بخواهیم. یک زن فرستادیم از تو حرف بکشد. زن را برگرداندیم. در دفتر خود برای ما نقاشی‌های آب رنگ می‌کشد.
تو را ما زیر نظر داریم. از هر کلمه‌ات داری یک پیام مخفی علیه ما صادر می‌کنی. قرار نبود با کلمات جمله بسازی. قرار بود با جملات جمله بسازی. جملات را هم ما روی دیوار نوشته‌ایم. حالا وقت ناهار است. چند شوخیِ بجا به کارمان می‌آید. اصلا فکرش را هم نکن که این داستان را همین جا تمامش کنی.

مهاجر

دیگر حوصله‌اش سر رفته. زمستان هی طولانی‌تر و طولانی‌تر شده و زندگی‌اش در یکنواختی غریبی فرو رفته. می‌داند هنوز، حتی برای انتظار روزهای گرم زود است. در ظاهر همسایه‌ها همگی با هوای جدید کنار می‌آیند و برخی حتی لباس‌هایی آن‌چنان کم می‌پوشند که او از ضعیف بودن ژن خودش در قیاس با آن‌ها غصه می‌خورد. چیزی در خیابان جز آلودگی برف‌ها به چشمش نمی‌آید. شهر مثل یک شهربازی تعطیل، درش را رو به او و عواطفش بسته است و این از همان روزهای اولی که وارد شد، معلوم بود.

یادش می‌آید یک روز داشت با راکونی بزرگ بازی می‌کرد. البته مسلما او اسمش را بازی می‌گذاشت. برای راکون یک جور فرار و ایستادن در مقابل موجودی مهاجم بود که طبعی آرام‌تر داشت. این‌قدر این دویدن دنبال راکون را ادامه داد که به سرفه افتاد و رفت روی نیمکتی نشست و به هزینه‌هایی که متقبل شده تا برای زندگی به این کشور بیاید، فکر کرد. به دوستانی که نمی‌دید، به امکانات شغلی‌ای که از دست می‌داد، به امکان جمع‌آوری سرمایه در سرزمین پدری‌ش. بعد به آن راکون نگاه کرد که علی‌الحساب جذاب‌ترین بخش زمان حال بود. دوباره دنبالش دوید و این بار راکون آن‌قدر سریع دوید که رفت زیر ماشین. مسبب مرگِ راکون اما رویش را کرد آن

طرف. بدون این‌که دیگر به اهداف مهاجرتی خودش بها دهد، از آنجا دور شد. از دور می‌شنید که راننده به خاطر کشتن یک راکون خودش را ملامت می‌کرد.

تا این‌جا که داشت فرار می‌کرد را آسان می‌گرفت، اما نمی‌دانست چرا دارد لبخند می‌زند.

دریچه

آن میل ویروسی‌ست که به تن من رفته. گاهی سعی می‌کنم آن را از بدنم در بیاورم. خودم را به انواع قرص و داروها و ادویه می‌بندم. هر چه دفترچه‌های علوم غریبه در باب بیرون کردن فعل بد از درون گفته‌اند روی خودم انجام داده‌ام. همین چند روز پیش بود که دوستی که سال‌ها ندیده بودم ترغیبم کرد به بریدن رگ‌هایم، چرا که آن میل باز به سراغم آمده بود. می‌خواهم قبل از پریدن از این دریچه به کلیه‌ی اتهاماتی که به من وارد شده پاسخ دهم.

بله، یک دریچه بود. و من نگه‌دار آن دریچه بودم. و البته می‌دانستم که این دریچه نباید می‌بود و دنبالم بودند. انگار یک آتش باشد. وظیفه‌ی من روشن نگه داشتن این آتش، یا همان دریچه بود. یک روز مقامات آمدند و با خنده از من خواستند دریچه را ببندم. برای من که قبلا تهدید را در خیابان دیده بودم، خنده در خلوت معنایی نداشت. من نه دویدم. نه ایستادم. نه به باورِ دریچه‌داری ادامه دادم.
برخلاف انتظارم این باور آن قدر خواهان نداشت که کسی دریچه را از من بگیرد.

بلندگو

داستان اذان گذاشتننش را بگذارید همین جا بگویم و بروم. آن هم داستانش به همین بلندگو برمی‌گردد. بلندگویِ لاکردار اگر نبود تمام خانه‌ی ما پر از درخت‌های سرو نمی‌شد. آن هم آن سروها که بعدا زیرش جسد دختر دایی را پیدا کردند و منِ بی‌چاره نمی‌دانستم چرا گناه خون او را به گردن گرفته بودم. یک میل ناگهانی. تا گفتند کشتندش، گفتم کار من بود. طبیعی آمد. مثل اولین بوسه. آن هم پای درخت بود. آن درخت را مادرم کاشته بود. روی ریشه‌هایش سرمه زد. به تک‌تک ریشه‌ها. هر روز یکی را از زیر خاک بیرون می‌کشید و سرمه می‌کشید. می‌گفت ریشه‌ها نمی‌خواهند فقط در خاک باشند. بعد آفتاب را به ته ریشه نشان می‌داد و می‌گفت: «ببین! حقیقت تو از آن‌جاست»! دوباره ریشه را در خاک می‌گذاشت. همه چیز به سادگی به حالت اول برمی‌گشت. من به همه‌ی ریسمان‌ها آویزان می‌شدم و هولْ مرا برمی‌گرداند. از در که وارد می‌شدم، یک بلندگو منتظرم بود.

سیم نازک بلند

همین طور که منتظر نشسته بود، تلویزیون داشت فیلمی درباره‌ی مبارزات سیاه‌پوستان آمریکا برای حقوق مدنی نشان می‌داد. در آن سالن، چند ردیف صندلی خالی بود و کسی هم رفت‌وآمدی نمی‌کرد. از حرص امروز، شب قبل بد خوابیده بود. سعی کرد چند دقیقه‌ای چشم‌هایش را روی هم بگذارد. بالاخره کسی به سمتش آمد و گفت که به عقب نگاه نکند. همان لحظه فهمید که طرف، حشره‌ای عظیم‌الجثه است. داشت از لابه‌لای دهانِ کوچکِ سیاه‌رنگش با او حرف می‌زد.

صدای پاهای متعدد حشره از پشت سر در گوش می‌پیچید. مسیر، درهای متعددی داشت که با راهروهایی به هم وصل می‌شد. برای باز کردن هر در، دست‌های سیاه کشیده‌ی بلندش که به جای لولا چسبیدگی‌هایی موم‌مانند داشت از پشت سر دراز می‌شد و در را باز می‌کرد و با صدایی، که حالا بخارات بویناکش درست نزدیک صورت او بود، می‌گفت: «بفرمایید داخل». برای آن موجود صندلی مخصوصی درست کرده بودند، که رویش که می‌نشست هنوز همه‌ی اعضای صمغ‌ریز بدنش می‌توانست تکان بخورد و با هر یک که خواست در دهانت یک سیم نازک بلند ـ که مجرای دروغ گفتن است ـ بکارد.

عکس سلفی

با پسر جوانی که نمی‌شناختم، در یک دستشویی زنانه منتظر بودیم. کمی که حرف زدیم با هم همدلی‌های فکری یافتیم. تصمیم گرفتیم یک عکس سلفی در همان دستشویی با هم بگیریم. می‌خواستم اسمش را بگذارم: «سلفی با ناشناس در دستشویی زنانه». هر بار که خواستم سلفی را بیندازم، یا موبایل درست کار نکرد یا صدایی حواس ما را ربود، یا مشکل دیگری پیش آمد که یادم نیست. بالاخره، در لحظه‌ای، همه چیز سرجایش بود و آماده‌ی گرفتن عکس بودم. رویم را به سمتش گرداندم، موهایش بلند شده بود. هنوز اما انگار مرد بود. مطمئن نبودم. دستشویی شلوغ شده بود. کسی در آخرین لحظه به ما فهماند که این‌جا عکس گرفتن ممنوع است. بیرون آمدیم. دید در جیبم سیصد دلار پول دارم. پرسید چرا؛ توضیحی دادم که قانع کننده نبود. قرار شد یک بار یک دستشویی دیگر را یک جای دیگر دنیا امتحان کنیم. البته همه چیز باید دوباره، مثل یک اشتیاق تازه، گُل می‌کرد.

مدادتراش‌ها

هر روز گناهان تازه‌ای در من می‌یابد. دیشب بالاخره فهمید که من در بی‌سروسامانی یکی و مرگ دیگری نقش داشته‌ام. پیش از خواب این را فهمید. بعد گفت که دوستم دارد و دلش می‌خواهد فردا که بیدار می‌شود کنارش مانده باشم.

برمی‌گردم به خاکی که کرم‌های تازه را عوض کرم‌های قدیم به سطح کشانده. یکی از کرم‌ها به من سلام می‌کند و می‌گوید: «همیشه دلم می‌خواست خودم را به تو نشان دهم. تو همیشه به آنچه بزرگ‌تر بود قناعت می‌کردی. ما آن زیر بودیم». بعد می‌گوید: «بیل را بردار و این مدادتراش‌ها را در زمین بکار». بیل را برمی‌دارم و مدادتراش‌ها را می‌کارم.

از خواب که بیدار می‌شوم زیر لب تکرار می‌کنم: دوستت دارم.

مکالمه

به دکتر می‌گویم که چندان احساس آرامش ندارم. دکتر گاهی برایم شبیه طبیبی است که قرار است نبض عشق را در من بگیرد؛ گاهی شبیه مردی سفیدپوش که شبانه مرا روی برانکاردی به نزدش خواهند برد؛ و گاهی شبیه آن‌که پشت یک شیشه که نمی‌بینم، دارد نگاهم می‌کند و یادداشت بر می‌دارد.

به طبیبم می‌گویم: «می‌شود حواست به گل‌ها باشد»؟ به دکتر می‌گویم: «من هر روز چند نفر را می‌بینم که قیافه‌هایشان را به هم قرض می‌دهند». به آن که نمی‌بینم، چیزی نمی‌گویم. در خودم می‌خزم و با دهان باز، اسم خودم را صدا می‌زنم، یعنی عاشق خودم هستم.

بلعیدن

آن‌چه که هجوم می‌آورد تا همه چیز را ببلعد، در عین حال همان چیزی است که
هجومش که می‌رود، هیچ چیز بلعیده نمی‌شود. درست مثل یک لوله‌ی چاه که گرفته
باشد، و همسرت بگوید: «بازش کن»! جوری بگوید انگار دارد درباره یک استعاره‌ی
قدرتمند در زمینه‌ی رابطه‌تان حرف می‌زند و رابطه‌ی شما قدرتمندترین استعاره‌ی خود
را از بسته شدن درها می‌گیرد. همه‌ی روابط، استعاره‌هایشان را با درها می‌سازند.
در داستانی که برایتان تعریف نخواهم کرد، من از پشت یکی از این درها خواب خودم
را با صدای بلند تعریف می‌کنم، طوری که همسایه در می‌زند و می‌گوید: «من نه
علاقه‌ای به خوابت دارم، نه به رقصت، و نه به زیباترین سرِ و شَهرت».

استخوان‌بندی زبانی

از خواب که بیدار شدم دیدم که او روی پای من نیست. هراسان به این سو و آن سو نگاه کردم. نگران بودم برای همیشه از دستش داده باشم. بالاخره در بالای درخت یافتمش. اما تا از درخت بالا رفتم، دیدم که نیست. صدایش را از پایین درخت شنیدم. به پایین درخت که رسیدم این بار صدایش را از بالای درخت شنیدم. چندباری همین‌طور به دنبالش درخت را بالا و پایین کردم تا این‌که از جانم گذشتم و از همان بالای درخت به سویش پریدم.

مرا روی هوا گرفت و آرام روی زمین گذاشت. بعد رو به من کرد و گفت: «من شبیه مادرت هستم. با اولین کلمه‌ای که یاد گرفتی، شیر مرا نوشیدی. حالا که زبانت استخوان گرفته است، پستانم را از دهانت در می‌آورم و تو را به خواب فرو می‌برم. تو این خواب را تا ابد خواهی دید».

پس کی سکوتت را خواهی شکست تا من از دهانت بیرون بیایم؟

مهم‌ترین چیز

سقوط یکی پس از دیگری از شرکت‌های بزرگ، به انقلاب تازه‌ای در صنعت تبلیغات منجر شده بود. تبلیغات جدید به حیطه‌ی خصوصی آدم‌ها پرت می‌شد. مثلا یک بار یک اتاق بزرگ بود. دو طرفش دو دختر که با هم به آرامی می‌رقصیدند. وسط سالن، مرد چاق بزرگی که حریصانه به این سو و آن سو نگاه می‌کرد و می‌خندید. همه چیز مثل یک مسابقه‌ی طولانی برای کسب مقام مهم‌ترین چیز بود. درست در همین لحظه.

نویسنده‌ای فایل‌هایش را پرتاب می‌کرد. داستان‌هایش را به داخل کامپیوتر هر تعداد آدم که می‌توانست، می‌انداخت. فکرش این بود: «اسمم که باب شود همه سراغم خواهند آمد». اما هیچ‌کس آن فولدر را باز نکرد. اکثر نسخه‌ها در تعویض کامپیوتر یا تعویض حافظه پاک شد. حالا فقط تک‌وتوک کامپیوترهای غول‌پیکر آن فولدر را دارند. چه کسی حوصله‌ی سروکله زدن با یک کامپیوتر غول‌پیکر خیلی قدیمی را دارد؟ دولت هم که یک مجموعه‌ی بیست و شش هزار صفحه‌ای اطلاعات ریز است که باید بخوانی.

آماده‌ای؟

بالشت

در آستانه‌ی دیالیز، آخرین کاری که کرد این بود که ماشینش را بردارد و یک بالشت بگذارد تویش و براند تا دریاچه.

در را بست. یک چیز برداشت. برگشت رو به شما که بنا به دلیلی که نمی‌دانید چیست، آن‌جا بودید، و چاقو را بالا آورد و گفت: «فکر نکن نمی‌دونم. فکر نکن نمی‌دونم! یاروی گنده! یاروی گنده‌ی چاق»!

Emotionally loaded

دیروز یکی از شاعرانی که دوست داشتم، مُرد. بعد، یکی از دوستانم از معشوقه‌اش برایم گفت. بعد چهار تا از دوستانم در مورد سرشت انسانی بحث کردند و ما به مرغان دریایی غذا دادیم. بعد یکی از دوستانم که درباره‌ی سرشت انسانی بحث می‌کرد، گفت به زودی از همسایگی ما اسباب‌کشی می‌کند. به ساختمان که رسیدم یکی از آشنایان قدیمم کارتن‌های خالی اسباب‌کشی را برد در بازیافت بیندازد. بعد، همین‌طور که منتظر بودم یکی از رفقایم بیاید خانه‌ام تا پیش از رفتنش از شهر، جشنی بگیریم، خبر خواندم که یکی از دوستانم در شهری دیگر به زندان محکوم شده. با دوستم که داشت می‌رفت دو ساعتی نشستیم، و بعد دو تا عکس پیش از رفتنش گرفتیم، که هر دو امروز صبح نیستند.

میراث خانوادگی

از خاک ماهی بیرون می‌آمد و دهانش را برای پاهای من باز می‌کرد. من به سرعت از آن شنزار دور می‌شدم و ناباورانه به پدرم فکر می‌کردم که همیشه می‌گفت: «این زمین تنها دارایی ماست». بالاخره ماهی پای مرا به دهان برد و بر زمین افتادم. ناگزیر شدم با هر چه در توان دارم او را از خودم جدا کنم، دُمش را به دست گیرم و سرش را بر زمین بکوبم.

می‌دیدم که ماهی‌هایِ بی‌شمارِ دیگر نیم‌رخ بر خاک خوابیده‌اند و یک چشمشان باز، به من نگاه می‌کنند. حالا پدرم کجا بود که میراث خانوادگی را برایم توضیح دهد؟ احتمالا با مایوی شنا پاهایش را در آب گذاشته بود و به جای فریاد من به صدای موج گوش می‌داد.

یک بخار روی پیشانی

از بیرون صدای خنده می‌آید، از درون دو پرنده که منقار به گردن ما فرو کرده‌اند. گردن‌مان را با منقارهایی که از آن آویزان است به بازار می‌بریم و هیچ‌کس نمی‌خرد. انگار این داستان یکی از حکایت‌های عرفانی است، از آن‌ها که در آخرش به شما معنایش را خواهم گفت. اگر یادم می‌مانْد خوب بود. من فقط اگر یادم می‌مانْد آن روز، در را که باز گذاشته بودم اندازه‌ی کمی نور، پا پس نمی‌کشیدم بروم گوشه، راست بخوابم روی زمین، از گوشه‌ی چشم نگاهش کنم که مانتویش خودِ باد بود. و البته، بعد، دست‌های پدرم را نمی دیدم که در پشتش بخار شد.

هزار و یک شب

دیشب با دختر دعوای سختی کرد. اگر هر زمان دیگر بود چند شبی را دور از هم سپری می‌کردند. حالا اما باید ملاحظه‌ی دیگری هم بکنند. دختر دیشب ماند. طبق قرارداد. امروز، قرنطینه یک ماه دیگر هم تمدید شد. آیا آن‌ها انسان‌هایی بهداشتی بودند که با هم مانده بودند، یا واقعا به قوانین احترام می‌گذاشتند؟ یا شاید کمی احساس بین‌شان شکل گرفته بود؟ قرار بود دیگر یک شب خوابی در کار نباشد. قوانین برای فاحشه‌ها سخت‌گیرانه‌تر شده بود. هر فاحشه باید در طول مدت همه‌گیری با یک نفر باشد و خلاص. در جوابِ تلفن‌های درخواستِ شب‌خوابی، سؤال اول این بود: کارتان را از دست داده‌اید؟ حاضرید چهارده‌روز یا بیشتر هزینه‌ی ایشان را بپردازید؟ اگر کارتان را از دست بدهید، چه میزان از یارانه‌ی دولتی را صرف خوردوخوراک ایشان خواهید کرد؟

فاحشه‌خانه، با افتخار، لوازم پیش‌گیری را برای مدت همه‌گیری تقبل کرده بود.

برای گذران وقت، دختر که می‌ترسید روز بعد پسر بیدار که می‌شود، ناراضی، او را از خانه بیرون کند و دو هفته یا مدت نامشخص بی‌جا و کار بماند، گفت: «هر شب برایت یک داستان تعریف می‌کنم. داستان یک شب از شب‌هایی که خانه‌ی دیگران مانده‌ام». هم پسر را شور می‌گرفت، هم دختر سرش را یک شب دیگر راحت روی بالشت می‌گذاشت.

هزار و یک شب کرونا با داستان اولین شب دختر شروع شد.

جلد دوم

وقتی خسته می‌شوم دوباره می‌خوابم تا با خودم کنار بیایم. این اولین جمله‌ی آن رمان بود. آن رمان به یک درشکه می‌مانست که در یک بیابانِ پهناور گرفتار باد و خاک شده باشد. در وسط آن بیابان، سه کوتوله در حال دعوت شما به فرو رفتن در یک غار شنی هستند. دعوتشان خیلی هم دوستانه نیست. با سر که وارد می‌شوید، به شما فشار می‌آورند که پایین بیفتید.

پایین، جلد دوم همان رمان است. این جلد هنوز در حال نوشتن است ولی ذهن نویسنده یاری نمی‌دهد حتی یک کلمه‌اش را هم بنویسد. نویسنده حتی خانه‌ی خود را پیدا نمی‌کند. با زیرپوش میان جوی پیدایش می‌کنند که دنبال قهوه‌اش می‌گشته. نویسنده هنوز می‌ترسد دارند میپایندش. او آخرین بار ده سال پیش حرفی سیاسی زده است که تازه به سرعت هم پس گرفته؛ هزاران کارِ سیاسیِ پس گرفته.

داستان یک چاه

می‌خواهم اینجا بنویسم که دارم به مرزهای خودم نزدیک می‌شوم، آن‌قدر که یک چاهِ بزرگ در برابر خودم می‌بینم و می‌دانم اگر به اعماق آن بروم چیزی می‌بینم و اگر نروم به چاه دیگر می‌افتم. که هر جور که زندگی کنم یک چاه متفاوت را کنده‌ام. بعد به سطح زمین نگاه می‌کنم و هزاران چاهی که از آن سر بیرون آورده‌اند.

کاش اینجا بودی، عزیزم! در آن مدت که با تو بودم هرگز احساسی جز این نداشتم که دارم از دست خودم در می‌روم. همیشه پشتِ سر تو یک خرگوش بزرگ بود که در جست‌وجویش از خواسته‌هایم می‌گذشتم. بعد از تو دور شدم. مدتی سرگرم بودم تا فهمیدم خواسته‌های خودم هم ارزش بیشتری از خواسته‌های تو نداشت. الان هم چیزی از تو نمی‌خواهم.

این یک چیز از آن چیزها بود که ته چاهی می‌شد دید.

عقرب در میان راکرها

یک عقرب در میان گروه راکرها می‌چرخید و من به سبزه‌هایی نگاه می‌کردم که به جای آنکه از زمین بیرون برویند، از پوست من به درون می‌روییدند. به همسرم که تنها ثانیه‌ای به میان خوابم آمد، گفتم: «بهتر است مدتی پدرم را به جایی دوردست ببرم. جایی که شن‌های زیادی داشته باشد و بتوانیم همگی با هم روی آن‌ها دراز بکشیم». همسرم به جای پاسخ، از خواب من بیرون رفت. بهترین پاسخ ما در دنیای موازی این بود.

یکی از راکرها عقرب را با میله‌ای که به سازش وصل بود، گرفت و فشار داد. ما همه دست زدیم. عقرب به خواب رفت و به زودی در دهان یک مجریِ اخبار بیدار شد. او حتی یاد گرفت خودش را به شکل یک ایمیل به همه‌ی دوستانم ارسال کند.

خمیازه‌ی یک گربه

در اسرع وقت به خانه برمی‌گردم تا جانم را از جنایتی که بر خود احساس می‌کنم، پاک کنم. در اسرع وقت خودم را از بین خواهم برد اما قبل از آن یک داستان را باید تعریف کنم. این داستان پایان خوشی ندارد. پایانش همین جایی که من نشسته‌ام و می‌خواهم خودم را خلاص کنم، نیست. پایانش قبل از حالاست. چیزی که این بین اتفاق می‌افتد، مهم نیست. شما در هر حال نخواهید فهمید من چه کار خواهم کرد. من، آینده‌ی به وجود نیامده‌ی همین متنی هستم که دارید می‌خوانید. خوب! آشنا شدن با من بس است:

«بیا و تصاحبم کن»! دختر به پسر گفت. پسر میلی نداشت. می‌دانست دختر هم ندارد، و از زور بیکاری حرفی پرانده. دختر یک گربه تصور کرد که چند روز زیر باران مانده بود. پسر یک بالشت زیر سر آن گربه گذاشت. هر دو کمی تأمل کردند، و چروک روی صورتشان افتاد. چرا که تازه مرا به یاد آوردند. من، که همین بالا خودم را معرفی کردم. دختر شروع کرد فکر کند آخرش را که آن بالا لو داده. پسر دلش خوش بود که زیرمجموعه‌ی چیزی است که کمی گنگ است. گربه به هر دوی آنها نگاه کرد و خمیازه‌ای کشید و رفت بخوابد.

تخمینِ بدهی

یک ساختار سیاسی عجیب در دنیا شکل گرفته بود. در ساختار جدید هر کس بیشترین میزان شرم را نسبت به دولت احساس می‌کرد، موفق‌تر می‌شد. از آن طرف هم، دولت نسبت به همه ادعای پاکدستی می‌کرد و اوضاعش از همه بهتربود. مردم در آینه‌ی دولت جز یک توده‌ی سیاه گنده چیزی نمی‌دیدند، و دولت هم در آینه‌ی مردم چیزی نمی‌دید جز یک کنایه.

در این وضعیت، من مایل به دختری بودم که عطر موهایش را با هیچ چیزی در دنیا عوض نمی‌کردم. ماشینِ بی‌آلایشِ گرمِ زندگی‌ام. توی استخر نشسته بودم که او از راه رسید. بهم گفت برای پریدن توی آب باید اول لباسم را در بیاورم و منظورش را با لباس‌های خودش نشان داد. من نگاهی به آفتاب انداختم که مستقیم و داغ می‌تابید روی صورتم. بعد نگاهی به روی زمین انداختم و ردِ یک چیز نامعلوم را روی آن دنبال کردم. فکری ولم نمی‌کرد: «با عریان شدن جلوی این دختر چقدر بدهکار دولت خواهم شد»؟

از انتظارات خواب از یک آدم نامعقول

امروزه، انتظارات یک آدم معقول، اندازه‌ی توقعات یک آدم نامعقول است. آدم‌های نامعقول یک چیزی درشان چپ است. یا طرز حرف زدنشان، یا راه رفتنشان، و یا در سِرّی‌ترین حالت، آه کشیدنشان به وقت ارگاسم. ما تا این حد بر این آدم‌ها سواریم. آن‌ها را به خانه و کاشانه‌ی خودمان دعوت می‌کنیم و می‌گوییم پدرمان بیاید برایشان آواز بخواند و از معشوقه‌های قبل از انقلابش برای آن‌ها سخن بگوید و بپرسد واقعا آخرین باری که یک انقلابْ خوب بود، کی بود؟ همه سر بجنبانند. تلویزیون بیاید وسط، بگوید: «آقایان، با این وضعی که شما دارید پیش می‌روید، کسی به من توجه نمی‌کند». ما هر سه به فکر فرو برویم. به کمک تلویزیون بیاییم. بگوییم: «ها کن»! تلویزیون ها کند. یک چوب‌بستنی زیر زبانش بکنیم. تلویزیون سرفه‌ای بکند و برود گوشه‌ای. ما بگوییم: «راه تو تمرگیدن است. اگر تمرگید کنی، مرگ رویش کم می‌شود». و تلویزیون به جان خودش قسم می‌خورد که بهترین تمرگید دنیا را برای نجات جان خودش اجرا کند. و زیر لبی بگوید: «مگر فلسفه حیات من چیز دیگری است»؟ بعد ما و پدرمان به آدم نامعقول چپ و چول، چشم‌غره برویم و بگوییم: «دست نمی‌زنی برای این تلویزیونِ نگون‌بخت»؟

کودتا

تا چشم باز کردم، دیدم وسط روزنامه‌ای که خبر حکومت نظامی را منتشر کرده، چاپ شده‌ام. اوایل فکر می‌کردم ربطی به این کودتا دارم. در یکماه و اندی که هر روز منتشر می‌شدم، وقایع زیادی دیدم. از بستری شدن نخست‌وزیر تا جدال دهقان‌ها و اربابان. آخرش هم قلم نهایی را نیروهای خارجی زدند و شکل روزنامه عوض شد. فونت مرا کوچک‌تر کردند و به جای تیاتر «زن من می‌شی»، تیاتر «نبرد نبرد تا پیروزی» را کنارم تبلیغ کردند. من به زنی که در تیاتر قبلی بود، عاشق بودم.
کودتا که تمام شد، سایه‌ی حوادث بین‌المللی از سر من برداشته شد. صاحبکارم اما دیگر علاقه‌ای به ادامه‌ی انتشار من نداشت. سردبیر به حروف‌چین گفت: «بار آخر است که این تبلیغ بی‌ربط را می‌گذاریم وسط مهم‌ترین روزهای تاریخ معاصر مملکت». تازه در این آخرین چاپ، شناختم از خودم کامل شد. آن روز هوا بارانی بود. بیشتر دگه‌ها غافلگیر شدند و چیزی نداشتند رویم بیندازند؛ پایانی غم‌انگیز برای یک حضور بی‌دلیل.

تیله

همه می دانستند که آتش سوزی آن موزه یکی از برنامه‌های دولت برای تخریب بخشی از میراث فرهنگی آن جامعه بود. همه قبلا در این مورد صحبت کرده بودند و به توافق کامل رسیده بودند. همه در این مورد از همه تشکر کرده بودند و همه با هم عکس دسته‌جمعی گرفته بودند.
من یکی از آن همه بودم و وقتی شب به خانه برگشتم دیدم که پارتنرم دارد با یکی از دوستان صمیمی‌ام به من آن کار را می کند. نمی‌دانم چرا اولین فکرم این بود که آن‌ها دارند به من کاری می‌کنند. نه این‌که با هم کاری می‌کنند.

در هر حال. با بیرون رفتن آن‌ها و تنها شدن، شمعی روشن کردم و نشستم بالای سر آرزوهایم. هر چندتایی که می‌شمردم در چشمم کوچک می‌شدند، اندازه‌ی یک تیله‌ی کوچک. آن‌قدر کوچک که می‌توانستم آن را توی دهانم بگذارم و قورت بدهم. درست کاری که با این داستان کردم.

مخاطب‌سنج

نویسنده‌ای بود که روزها سر ساعت به خصوصی داستانی را در سایتی که برای همین کار تدارک دیده بود منتشر می‌کرد و بعد تبلیغ آن داستان را در چند شبکه‌ی اجتماعی می‌گذاشت و می‌رفت پشت سایتش توی بخش آمار و ارقام، و دقت می‌کرد که خوانندگانش هر روز چند نفرند، هر یک چه مقدار وقت آنجا صرف می‌کنند، و از کدام کشورها هستند. بدین‌شکل، علاقه‌مندی افراد به نوشته‌های خودش را با سنجه‌هایی مثل نیم‌کره و سن و غیره می‌سنجید و نمودارهایی مخصوص را پر می‌کرد و این نمودارها را جهت مقایسه به اتاقش می‌زد و هر سال یک گزارش عملکرد مفصل می‌نوشت و با گزارش عملکردهای سال قبل و بعدها سال‌های قبل‌تر مقایسه می‌کرد. بالاخره روزی تصمیم گرفت دست از این کار بردارد، تمام نمودارها را از دیوارها پاک کند، سایتش را به حالت تعلیق در آورد و روی بالکن برود و چند روزی به وسواس‌ها و مصیبت‌های تازه‌ای که این زندگی ادبی برایش ایجاد کرده بود، فکر کند.

درست در آن لحظه نطفه‌ی من بسته شد. من یک رازم که وقتی شما هم با این نویسنده شباهت پیدا کردید، در گوشتان برملا می‌شود.

سهم

ما هنوز به جایی که باید می‌رسیدیم، وارد نشده بودیم که با سه مشکلِ قند خون راننده، حصار وسط راه، و در نهایت آلزایمر راوی دانای کل مواجه شدیم. وقتی که قند خون راننده، که امانش را بریده بود، به وضع عادی‌اش برگشت و با هزار مکافات حصار را، که بسیار سنگین بود، از میان جاده برداشتیم، دیدیم که راوی دانای کل همه‌ی سفر را، که سال‌ها طول کشیده بود، از یاد برده است. از دید او ما چند نفر بودیم که بیهوده در جایی که معلوم نبود کجاست، پی کاری که معلوم نبود چیست، می‌گشتیم. خواستیم به او یادآوری کنیم. او را صدا زدیم و او نوشت کسی دارد مرا صدا می‌زند. همه امیدوار شدیم. به صدا زدن ادامه دادیم. نوشت: «گرگی هستم در بیابان. این باد است که مرا صدا می‌زند». گوشه‌ای نشستیم، و پذیرفتیم: در شکل‌دادن به روایت خود سهم داریم اما به شکلی که نخواهیم دانست.

شرط

جامعه‌ای بود که به نویسندگانش اجازه نمی‌داد با معشوقه‌هایشان در مجامع عمومی حاضر شوند. این تنها شرط برای نویسندگی بود. البته نویسندگان از حقوق و دستمزد بالایی برخوردار نبودند، بلکه دلیل دیگری برای پذیرش شرط در میان بود: آرمان. جامعه، هر روز برای نویسنده‌ها که داشتند حیاط را به سمت رودخانه هول می‌دادند، دست تکان می‌داد. رؤیای آزادی مثل پارچه‌ای بود که توی روغن رها شده باشد.

ما برای این‌که از این وضعیت خلاص شویم کبوترهای آهنی به دست‌هامان بستیم تا در آسمان پرواز کنیم. تا همان‌طور که بر فراز شهر پرواز می‌کنیم، با معشوقه‌هامان از رمان‌هایی که دوست داریم حرف بزنیم. آن‌ها شهر را با ترس پُر کردند، ما با خواب‌های خودمان. آن‌ها آزرده می‌شدند، ما تبعید.

در قبرستانِ زیر پایمان، شهردار تازه‌ای سر کار آمده؛ شهرداری که هم‌وغمّش خرید سگ بوده است. سگ‌ها ترس‌های جامعه را بو می‌کنند و سراغ دریدن خواب‌های ما می‌آیند. تازه از دست شهردار هم کنده‌اند.

سفر

قدیم، به نوشتن خودم مغرور بودم. الان سرافکنده‌ام می‌کند. گاهی فکر می‌کنم شرایطی که در آن زیست می‌کنم، محصول میل من به نوشتن هستند. همسرم گاهی این فکر را ترویج می‌کند. بدش نمی‌آید بیندازمش دور. مثل تاری که از دیواری کنده شود. اما این تار چنان در همه‌ی دالان‌های درون من چسبیده است که جغدها نیز در آن زیست می‌کنند.

حدیثِ سرما بود. هوای سرد، حق را به من می‌داد. وقتی لمیده روی مبل، کاری نداشتیم جز بی‌حوصلگی. در این بی‌حوصلگی روزمره و طولانی زمستانی، من دوباره به نوشتن پناه می‌بردم. مثل هواپیمایی که به فرودگاهش.

عجیب این است که هر بار که از رویاهایم برمی‌گردم، واقعیت هولناک‌تر شده است.

خواب رئیس

بنا به امر رئیس کل، همه‌ی کارمندان دور میز جمع شده بودند و کشف و شهودات خود را با یکدیگر در میان می‌گذاشتند. کارمند اول داشت خوابی که شب قبل دیده بود را با کمک گرفتن از اساطیر یونان باستان توضیح می‌داد. دختری که انگار شالش از دل موهایش در آمده بود، می‌گفت برای قدم زدن روی سطح خواب‌های او، اول باید با نیازها و تمناهای درونش بیشتر آشنا شویم. نفر سوم خوابش را اجرا می‌کرد، و خیلی هم بد اجرا می‌کرد، طوری که مدام دستش می‌دوید. انگار همین که دستش می‌دود، ما همه‌ی حسش را می‌فهمیم. رئیس کل اما خوابی دیده بود که همه‌ی ما را تحت تاثیر قرار داد. طوری شد که جلسه که تمام شد، ما خواب‌های خودمان را بی‌خیال شده بودیم و همه‌ی حواسمان به خواب رئیس کل رفته بود.

پختگی در عین سادگی.

رئیس گفت: «باید به لحظه‌ی میل که رسیدید، خواب‌تان را قطع کنید و از خودتان بپرسید: آیا واقعا می‌خواهم میلم در خواب ارضاء شود یا در بیداری»؟

بعد، ساعت کار را نشان‌مان می‌داد.

درد

دوستم از درد شدید جسمانی رنج می‌بُرد و از من می‌خواست تا به حرف او گوش کنم. به او گفتم بهتر است دهنش را ببندد، چرا که من دیشب خوابی دیده‌ام که بسیار آزرده‌ام کرده است. ساکت شد. برایش تعریف کردم که در یک رستوران چینی، با جمعی از دوستان نشسته بودیم و یکی از آن‌ها ماری را به سمت چشم هر یک از ما می‌آورد تا چشم‌زخم‌های ما را لو بدهد. مار به چشم هیچ‌کس علاقه‌ای نداشت، جز به چشمِ راست من.

گفتم خوابم تا صبح تنها چیزی که داشت همین بود که نیش ماری را جلوی چشمانم می‌دیدم، درست شبیه آن که شبی تا صبح جلوی شومینه نشسته باشی و چیزی جز زبانه‌ی آتش نبینی.

بعد از دوستم خواستم که به همان چشم من نگاه کند چرا که از صبح مدام می‌پرید. او دهانش را باز کرد و گفت: «همه‌ی خواب‌های تو برای من ارزش یک ساییدگی روی زانویم را ندارد». آن‌گاه پاچه‌ی شلوارش را بالا کشید و زانویش را نشانم داد. گفتم ظاهرش که خیلی معمولی است. تأیید کرد که همه‌ی زخم‌هایش ظاهری معمولی دارند.

املاکی‌ها

زن و شوهر جوان پیش مشاور املاکی‌ها رفتند. املاکی‌ها با خنده آن‌ها را به اتاق‌شان دعوت کردند و گفتند که گوش و چشم یکدیگرند. بعد زن و شوهر را تبدیل به یک عدد کردند و در ماشین حساب‌شان نگه داشتند. هر روز که سر کار می‌آمدند، آن عدد را با عددی که ته جیب‌شان کم بود، جمع و تفریق می‌کردند. یکی از املاکی‌ها بچه‌دار شد و اسم بچه‌اش را گذاشت: «سند مالکیت»، و در فیس‌بوک خود نوشت: «من سند مالکیت خودم را در نقد ده‌کوره‌ای که از آن فرار کردم، ختنه نمی‌کنم». املاکی دیگر هم پیکی شراب زد و پیش خود گفت: «نمی‌دانم برای جذب اعتماد باید نوشت پدرم قهرمان جنگی است، یا نوشت زندگی آبتنی در حوضچه اکنون است»؟! شبِ خرید خانه، هر دو به دفتر کارشان رفتند، پنجره‌ی اتاق‌شان را باز کردند، ماتحت‌شان را بیرون گذاشتند و یکی روی شجره‌نامه آن دیگری و دیگری روی دودمان این یکی رید. زن و شوهر توی ماشین حساب ایجنت‌ها دو صفر چشمک‌زن شده بودند؛ مثل دو چشم گریان.

سی و پنج هزار تبلیغ

املاکی فکر کرد: «من اگر پولی که برای راضی کردن یک مشتریِ مال‌باخته مدیونم صرف تبلیغ خودم بکنم، می‌توانم سی و پنج هزار بار خودم را تبلیغ کنم. زندگی تا آن جایی سخت است که عددی برای محاسبه نیست». بعد رو به شریک خودش که تازه از دستشویی آمده و شلنگ در ماتحتش جامانده بود، کرد و حکیمانه گفت: «اگر سه زن گرفته باشی که از دوتاش بیزار باشی خیلی ساده‌تر است تا یک زن داشته باشی که مقدار نامعلومی دوستش داری». شریکش گفت: «خوب»؟ املاکی اول، ادامه داد: «پس صرفه در این است که پول را بگذاریم برای تبلیغ»! شریکش تأییدکنان، شلنگش را تکان داد: «صد درصد حق با توست. آدم تا می‌تواند بشاشد چرا باید آب بپاشد. مشتریِ عاقل، زیر شاش هم خنک می‌شود».

بعد هر دو به غروب خورشید نگاه کردند و لذتشان از خودشان دوچندان شد.

زندگی جزئی

در فیس‌بوک یک اندیشمند نستوه بود، در توئیتر یک امنیتی پرونده‌ساز، در محافل عمومی لفظ قلم حرف می‌زد و در محافل خصوصی اهل هیچ جز روی یار و بانگ نوشانوش نبود. در روزنامه‌ها طرفدار لیبرال‌ها بود، در شب‌نامه‌ها دنبال پیوند چپ‌ها و راست‌های افراطی. تلگرام را برای «همه چیز همین‌طور که هست» کنار گذاشته بود. در اعماق دلش خود را عارف می‌دانست و چشمش که پیش از خواب گرم می‌شد، به اینکه هنوز همه‌ی وجوه تفکری خود را نشان نداده، لعنت می‌فرستاد.

کسی هنوز از جزئیات خواب‌هایش خبر ندارد.

معمّا و آتش

جلو ماشین پلیس را گرفتم و هرچه التماس کرد، حالیش کردم که باید تمام ماشین را بگردم. در جعبه‌ی عقب، چند ورقه‌ی مشکوک بازجویی دیدم. از او خواستم آرام از ماشینش پیاده شود، پاهایش را اندازه‌ی عرض شانه باز کند، دست‌هایش را روی سقف بگذارد.

چند دقیقه بعد، حزبی که تازه بیانیه داده و از خطر فروپاشی نوشته بود، التماس‌کنان به سمتم آمد. می‌خواست شفاعت پلیس را بکند اما فایده‌ای نداشت. نشاندمش روی جدول. سرش لای زانویش.

مردی که رهبری یک تظاهرات را در زندان شکنجه کرده بود، عرق‌ریزان ظاهر شد: «تو را به هر که دوست داری...». گفتم لال شود. رفت کنار بقیه.

شاعری که هر روز شعری برای کشتار خوارج می‌نوشت، به پایم افتاد. دستور دادم تا اطلاع ثانوی هر روز شعرش را توی دهانش بچپانند.

داشت همه چیز به خوبی و خوشی پیش می‌رفت که خوابم گفت: «من بعد از تعبیر، دیگر هیچ ارزشی ندارم. بگذار یک روز، فقط یک روز دیگر معما باشم». کمی شُل شدم. پلیس و حزب و شکنجه‌گر و شاعر، خوابم را هزار بار دور سرم چرخاندند و بعد سرم را پیچیده لای خواب، به آتش کشیدند.

قسط‌بندی

اول که سانسور پولی شد، من هم مثل بسیاری خوشحال شدم که کم‌کم قسطی هم می‌شود. کاروبارِ نوشتن رونق گرفت. آزادی بیان که به آن قیمت گیرت بیاید را همیشه هوس می‌کنی ببری بازار سیاه، ببینی آنجا چقدر می‌شود فروخت. در بازار، یک مرد سراغت می‌آید و می‌گوید: «چند»؟ خرید و فروش که صورت می‌گیرد، آن آقا مرا که نویسنده‌ی سه خطِ بالا بودم، می‌زند کنار.

داشتم خدمت‌تان عرض می‌کردم. همه چیز به یک نخ بند است. همه‌ی اتصالات موجود را می‌گویم. چیز کمی نیست، با مهارت همه را به یک بند تنبان وصل کرده‌اند. البته همه چیز در یک برنامه‌ی یک ساله یا سه ساله یا حداکثر هفت ساله مستحکم می‌شود، البته مسأله ما این است که ... ـ در فکر فروش نبودم ولی حالا که می‌فرمایید ـ ...

سه تا خواب دیدم که دوتاشان را بخواهم بگویم، کلی خرج دستم می‌گذارد و واقعا این روزها دستم تنگ است. فعلا به همین خوابِ شُل رضایت دهید تا سر ماه.

استعمار

در خواب داشتم کسی را قضاوت می‌کردم که زمان حال مرا به استعمار خود درآوَرْد. بعد چند فیل را به مستعمره خود افزود. آخر سر یک نفر از افسران سابق که غیر از شغل کنسولگری، با یکی از شرکت‌های تجارتی هم زدوبند داشت، به سرزمینش افزود، و گفت: «فعلا شما سه نفر در اینجا ادای تاریخی را که من در همین لحظه به شما می‌گویم در بیاورید. یادتان باشد این یک استعمار است: یک روز زودتر و دیرتر نمی‌توانید باشید». بعد زمان حال رفت، بدون اینکه تاریخی برای زندگی ما گفته باشد.

فیل نمی‌دانست من باید سوار او شوم یا او به سمت من حمله کند. افسر سابق نمی‌دانست آیا هنوز افسر سابق است یا می‌خواهد افسر شود یا اصلا در دوره‌ی او ضرورت تشکیل پیاده نظام به وجود آمده است. من فکر کردم برای قضاوت نیاز به تاریخ دارم. بدون زمان، چگونه از قضاوت کردن ـ این خوابی که از بچگی برای ما دیده‌اند ـ لذت ببرم و تخیلم را از تحقیر کسی که نیست، که شاید تا قرن‌ها بعد از این به وجود نخواهد آمد، سرشار کنم.

داستانک قانونی

هیچ‌وقت چیزی که نباید می‌خوانْد را نمی‌خوانْد. جستجوی حقوق مالکیت هر نوشته یا فیلم دلبستگی فکری و عاطفی او بود؛ کاری که پیش از پاسخ هر پرسشی انجام می‌داد. به این نتیجه‌ی حکیمانه رسیده بود: «به کتاب‌ها و فیلم‌های زیادی می‌توان دست یافت ولی حقیقت همیشه بعد از حقوق مالکیت حاوی اهمیت است: برای اینکه محتوایی رهایی‌بخش باشد باید پیش از آن به مالکیت خواننده در آمده باشد».

کم‌کم که بی اعتنایی دیگران به قانون را دید، به دانش آن‌ها هم شک کرد. هر جمله‌ای که می‌شنید می‌خواست بداند گوینده چطور به طور قانونی آن اطلاعات را کسب کرده. حتی گاه رسیدِ خرید یک کتاب یا خرید آنلاینِ یک فیلم، یا با مسامحه، کارت عضویت در یک کتابخانه را می‌طلبید. گفتگوهایش مُقطّع شده بود؛ شبیه به جلسه‌ی اثباتِ دسترسیِ قانونی به فکری که ابراز می‌شد.

در مرحله‌ی بعد متوجه شد که نه تنها گویندگان، که بسیاری نویسندگان نیز به قانون احترام نمی‌گذاشتند. شروع به مکاتبه با نویسندگان معاصر کرد، تا مدارک لازم برای اثبات قانونی بودن دسترسی‌شان به مطالب مورد استناد را برایش بفرستند. نویسنده‌های نادری اما به درخواست یک خواننده‌ی مشکوک پاسخ می‌دهند. خواندن هر چیزی جز کتابچه‌ی قانون را کنار گذاشت. چند شب که گذشت، خوابی غم‌انگیز دید:

کتاب‌های قانون، دزدکی از توی کتاب‌های قانون قبلی بیرون می‌آمدند و بعد ردِپای خودشان را پاک می‌کردند.

حالا ما اینجاییم. اواخر خواب او. تنها کاری که از دستمان برمی‌آید القای یک پایان‌بندی برای این خواب است: «همه‌ی ما کلماتِ یک کتابِ دزدیده شده هستیم».

شرمندگی

از صبح که آن خواب را دیده بود از ترس نمی‌توانست بیرون بیاید. هر بار فکر می‌کرد کس یا کسانی می‌دانند. و اگر می‌دانستند چه باید می‌گفت؟ چطور باید مجاب‌شان می‌کرد که دست خودش نبوده است؟ گیرم خودآگاهش را تبرئه می‌کرد، ناخودآگاهش بی‌شک و تردید در شکل دادن آن خواب نقش داشت.

بازجو که روبه‌رویش نشست، زیر گریه زد. درخواست کرد او را به خاطر ذهن آشفته‌اش ببخشد. اعتراف کرد که خواب دیدن برای او یک وسواس بیمارگونه است. از سر تنهایی، از سر عقده‌ای بودن. اعتراف کرد که اما گاهی جلوی این کار را نگرفته. که زورش می‌رسیده، ولی.

خنده‌ی رضایتِ بازجو، دلش را کمی آرام کرد. پیش خودش شرمنده شد: چرا چیزی علیه خودم ندارم که لب‌های او را تا دیدن دندان‌هایش از هم باز کند.....

جای نگرانی

صدای باز شدن درِ گاراژ را که شنیدم، از اتاق خواب، از طریق پله‌های مارپیچ خودم را دم در رساندم. درِ گاراژ رو به خیابان باز شده بود. کسی آن‌جا نبود. توقع همین را هم داشتم؛ که هراسش تندتر از واقعیت باشد. به خانه برگشتم، فریادزنان. زنم با کوله‌باری از لباس آمد. برای جست‌وجو در هر اتاق، باید لباسم را عوض می‌کردم. باید تمام خانه را با همه‌ی لباس‌هایی که در زندگی زناشویی پوشیده بودم می‌گشتم و در این راه از کل زور و استعداد همسرم استفاده می‌کردم. کسی نبود.

ـ شاید برای دزدی نیامده بود.

ـ یعنی خریدار بود؟

ـ ما که خانه را برای فروش نگذاشته‌ایم.

ـ لابد خوشش هم نیامده.

ـ فعلا جای نگرانی نیست.

دستگاه

وقتی دیدم پاکتی برای بسته‌بندی آشغال‌ها نیست و دستگاهِ خودکار بدون بسته‌بندی، فضولات را به جلو پرت می‌کند از خودم عصبانی شدم. جایی برای اعتراف نبود اما برای شلاق زدن به ذهنم، نیازی به جا نبود. مشکل اما به همین جا ختم نمی‌شد. آشغال‌های عریان، شوت هم که می‌شدند، شترق به دیواری در زیرزمین می‌خوردند و ازهم‌گشوده، پایین می‌افتادند. حالا پایین باید مدفون‌شان می‌کرد. دلیلش ساده اما مأیوس‌کننده بود: اساسا حفره‌ای برای عبور آشغال، روی این دیوار یا هر دیوار دیگری در زیرزمین تعبیه نشده بود. برخلاف انتظارم اما، این اشتباهِ معمار نه فقط مرا از عذابِ اینکه بسته‌ای برای دستگاه شوتینگ نگذاشته‌ام نجات نداد، که شرم و عصبانیتم هر لحظه از خودم بیشتر شد.

آیا این دستگاهِ پرتابِ افقی با آن همه تشکیلات اساسا آنجا بود که نشانم دهد گرچه کاری از پیش نمی‌برد، تاثیری بر من می‌گذارد؟ مثل این روزها که گرچه زندگی‌ام را پیش نمی‌بَرد، ترش‌ترم می‌کند.

بالاخره

سال دوهزار و شصت و هشت است.

«امروز اولین روزی بود که احساس کردم اینجا خانه است».

جمعیت انبوهی از ایرانیان تورنتو در فرودگاه شهر جمع شده بودند. فرودگاه پر شده بود از پلاکاردهای تشکر از هر دو دولت ایران و کانادا. چند ماه پیش، دو دولت توافقنامه‌ای برای حمل یک مقبره‌ی دینی از ایران امضا کرده بودند. اولین اجرای موفق وعده انتخاباتی دولت جدید ایران، که موجب توفیق آن در کسب آرای ایرانیان خارج از کشور شده بود. سفر بین قاره‌ای امامزاده با کسب حمایت اسپانسرهای متعدد از بین کسبه ایرانی در کانادا، و تحت تولیت جامعه‌ی فروشندگان املاک و با بیمه‌ی معتبرترین بانک کانادا تحقق یافت.

جامعه‌ی ایرانی سر از پا نمی‌شناخت. اشک‌های شوق و دست‌های نیاز. زمین‌هایی در یکی از مزارع شمال تورنتو برای دفن امامزاده‌ی تازه‌وارد از طرف دولت کانادا اهدا شده بود.

«تا امروز از مرگ می‌ترسیدم. می‌ترسیدم جسدم زیر خاک تنها باشد».

آن‌روز واژه‌ای که بیش از هر واژه در دهان جامعه می‌چرخید، یکی بود: «بالاخره».

پاره وقت

همین‌طور که فکر می‌کردم ایرانی‌ها دارند برای یک جنگ داخلی یارکشی می‌کنند، به همسرم گفتم راستی میوه برای امروزت چه بگذارم؟

موقع ناهار در دلم به کسی که توی گوش رقیب خوابانده بود، آفرین گفتم. زود اما فکری شدم مشتریِ در حالِ عوض شدن را چطور می‌شود قانع کرد؟

غروب با این فکر که ایرانی لولایی است که در تندباد ول شده، به آرامش رسیدم؛ آرامشِ ناشی از یک استعاره چند احوال‌پرسی، یا چند چرخش پول است؟

شب در خواب دیدم ریش‌های بلند مسئولین جای سرسره‌ی دست را نگه می‌دارند.

بیدار که شدم به خودم مشکوک بودم.

صدا

عادتی بود که آرام‌آرام شدید شد. از صبح به جهان اطرافم گوش می‌دادم. اصرار داشتم که هر لحظه چیزی در جهان دارد رخ می‌دهد و باید آن را شنید. هر چند دقیقه یک‌باربین کار توقف می‌کردم و تداوم صداهای پیشین و آن‌چه جدید افزوده شده بود را ضبط می‌کردم. موقع ناهار مدام گوش‌هایم می‌جنبید جوری که یادم نمی‌ماند چه را با چه سرعتی خورده‌ام. هر چه می‌خواندم لابه‌لای صداهای جهان در ذهنم فرو می‌رفت. برای حافظه‌ی شنیداری‌ام تقویمی درست کرده بودم: ساعت و مکان آن‌چه به گوش می‌آمد را می‌نوشتم. وسایل متعددی برای شنیدنِ دقیق خریده بودم و عادت‌های مخصوصی کسب کرده بودم. هر شب گوش‌هایم را شست‌وشو می‌دادم. چندین وسیله‌ی کمک‌شنوایی با توان‌های متفاوت داشتم که به کرّات و گاه حتی از خواب پریده، نیمه‌شب، روی گوش نصب می‌کردم.

صداهای اطراف را با دقت از صداهای درون تفکیک می‌کردم یا به تأثیر متقابل و شدید صدای بیرون بر درون و درون بر بیرون فکر می‌کردم. مدتی هم معتقد بودم صدا جایی جدا از درون و بیرون است. جایی که روح که پر می‌کشد، زنجیرهایش به صدا در می‌آیند.

بعد به جست‌وجوی هم‌زمان صوت در دنیای واقعی و مجازی علاقه‌مند شدم و

هم‌زمان شنیدن را در هر دو دنیا پی گرفتم. برای تعیین ساعت و مکانِ صداهای دنیای مجازی یک تقویم مجزّا ابداع کردم که هر لحظه سِروِر مورد استفاده، چندمین بارِ حضور من در یک صفحه، و چندمین رِفرِش کردنِ صفحه را ثبت می‌کرد. سرعت ثبت اطلاعاتم مدت‌ها بود که از سرعت مرورشان بیشتر شده بود.

حالا باید به نسبت چهار صدای واقعی، مجازی، بیرونی و درونی هم، از منظری تحلیلی می‌پرداختم. به ناممکن بودن تحلیل نهایی مدت‌ها گوش سپردم تا اینکه بالاخره صدا راز خود را در گوش‌هایم گفت.

ادامه‌ی این داستان را در صفحه‌ی کاغذ جست‌وجو نکنید. در صدایی است که همین لحظه می‌شنوید. البته به دلیل برخی محدودیت‌ها و آزمایشی‌بودن آنچه ساخته‌ام، احتمال‌دارد کمی زودتر یا دیرتر به گوش شما برسد. فقط باید گوش‌تان را آزاد بگذارید تا ادامه‌ی این داستان را به هر صدایی که در آمده باشد، بشناسد.

خلسهٔ آخر شب

نویسنده‌ای که نمی‌دانست یک جمله را چطور تا جمله بعد بدواند، با تدوین‌گری که گیج شده بود معنای کاتْ‌زدنِ خواب به بیداری چیست، به تماشای درویش‌های چرخان رفتند. درویش‌های چرخان را یک گروه موسیقی از گروهی دیگر به زبانی دیگر قرض گرفته بود. درویش‌ها که در نبود مرشد، نقطهٔ ثقل چرخ را گم کرده و زبان خواننده را هم نمی‌فهمیدند، هریک در گوشه‌ای چرخیدند و گاه به هم یا به خود تعظیم کردند.

از رقص درویشان‌های چرخان که بلند شدیم، به دیدن رقصِ شکمِ یک دختر کانادایی که چند ماه در مصر بورسیه گرفته بود، رفتیم. شکمِ دختر که با صدای ساکسیفون می‌لرزید، ما داشتیم عسل توی چای می‌ریختیم. وقت خواب آنقدر گذشته بود که پرسش‌هامان را به فردا موکول کنیم. خبر رسید درویش‌های چرخان ذکر جدید گرفته‌اند؛ این‌بار با نقطه پرگارِ هم‌زبان و همیشگی‌شان. همه چیز داشت جفت‌وجور می‌شد. نظم، چرخ، معنا.

جز دو بار که در اوج ذکر، میکروفن سوت کشید، خلسهٔ بعد از نیمه شبِ ما را چیزی برنیاشفت.

بیمارِ مضاعف

هنوز در طلوع ویروس اول بودیم و به اوج عفونت نرسیده بودیم که خبر ویروس دوم آمد. اگر ویروس اول آن‌هایی را نشانه می‌گرفت که سیستم ایمنی ضعیفی داشتند، ویروس دوم خطر بیشتری را در آن‌ها که سیستم ایمنی‌شان سرعت عمل داشت، ایجاد می‌کرد.

ملاحظات کاری با ملاحظات سیستم ایمنی افراد تنظیم می‌شد.

پیشنهاد این بود که مدیران از جورهای مختلف افراد با سیستم‌های ایمنی متفاوت در انبان استخدام خود داشته باشند.

کارگران موجی، با توجه به موج‌های ویروس، به استخدام پاره‌وقت در می‌آمدند و تا بروز موج مخالف، سر کار بودند.

در مواردی هم می‌شد که هر دو ویروس بر یک نفر عمل می کردند. او را بیمار مضاعف می‌نامیدند.

بیماران مضاعف به ندرت می‌مردند، اما طول درمان‌شان ماه‌ها و شاید حتی تا سال‌ها طول می‌کشید. بدن در یک زندگی گیاهی دوام می‌آورد و دوام می‌آورد و بالاخره سلامتی مثل بهاری دیررس از راه می‌رسید. بهاری که تنها وقتی می‌رسید که میلیون‌ها

جنس پول و امکانات دولتی هزینه‌ی نگه‌داری شده بود.

تظاهرات متعددی با این خواسته انجام شد که جامعه باید برای نجات اقتصاد خود، بیماران مضاعف را به امان خدا بگذارد.

من یک کارگر موجی بودم، خانه‌نشین.

عاشق پسری که بیمار مضاعف بود.

کاشِ انتخاباتی

قرار بود در فستیوال شهری به لاماها و گوسفندها که غذا دادیم، برویم در انتخاباتِ حسّاس ملی رأی دهیم. لاما اما ظاهرا سیر بود یا میل به غذای ما نداشت. بالاخره چند دور که زد، ناچار کف دست ما را لیس زد. پول غذا را حساب کردیم. حالا باید تا محل رأی‌دهی بر سرنوشت آینده‌ی مملکت تمرکز می‌کردیم. رأی‌ریزگاه خلوت‌تر بود. به همراهم یادآوری کردم کاش کمی پول خرج غذای گوسفندها هم کرده بودیم.

ب

ب دختر عجیبی است. او مرا به هزارتویی وارد می‌کند و خودش جلو می‌رود تا من در این هزارتو گم نشوم. تمام مسیر را جوری می‌رود که انگار هزارتو برایش مثل کف دست آشناست. بعد، این راه را ادامه می‌دهد تا این‌که ما به مرکز هزارتو می‌رسیم. می‌ایستد و تکان نمی‌خورد. به او می‌گویم: «خوب! رسیدیم به وسط این هزارتو، اما این‌جا راه خروجی نیست. چه کار می‌خواهی بکنی»؟ ب می‌خندد و می‌گوید: «من کاری نمی‌خواهم بکنم. من فقط تو را تا این‌جا آوردم. تصمیم با توست. می‌توانی وسط این هزارتو زندگی کنی و من هر روز برایت غذا و مواد اولیه و روزنامه و تلویزیون و سس مایونز می‌آورم و یا تصمیم می‌گیری در این هزارتو زندگی نکنی و خودت به بیرون هزارتو برمی‌گردی». می‌پرسم: «اگر از هزارتو بیرون بروم، تو ناراحت می‌شوی»؟ می‌گوید: «بیرون این هزارتو هیچ راهی وجود ندارد که تو بتوانی هر روز مرا با غذا و مواد اولیه و روزنامه و تلویزیون و سس مایونز ببینی».

فرضیه

حالا که دارم در خیابانی بیرون شهر رانندگی می‌کنم می‌فهمم که اگر همین مسیر را بیست سال پیش طی می‌کردم لابد الان متوجه تایر یک ماشین می‌شدم که وسط جاده در حال چرخش بود و کودکی با یک چوب به ماشین من خیره می‌ماند و من دیگر نمی‌توانستم از زیر آن نگاه خیره که لحظه‌ای به شیشه‌ی من چسبید، رها شوم. در آن صورت اگر امروز در این مسیر رانندگی می‌کردم، لابد این‌جا می‌ایستادم و مثانه‌ام را که پر شده، زیر بتّه‌ای خالی می‌کردم. بعد وقتی در حال بستن زیپم به سمت ماشین می‌رفتم، نور چراغ ماشینی حواسم را پرت می‌کرد که زن گریانی راننده‌ی آن بود. زن گریان همه‌ی آینده‌ام را پر می‌کرد و زیپ جاده را می‌بست. حالا هم او را کنار خودم احساس می‌کنم. دستم را گرفته است و سیب پوست کنده‌ای را به من تعارف می‌کند. سیب ته ماشین می‌افتد. زیر یکی از پدال‌ها. به زودی کف ماشین را با آب کثیف خود پر خواهد کرد.

عرفا

عرفا متن‌هایی می‌نوشتند که هیچ‌کس نمی‌فهمید. دست در حروف الفبا برده بودند. برای مثال روی بسیاری حروف نقطه می‌گذاشتند، نقطه‌گذاری‌ای که به هیچ‌وجه نمی‌شد فرمولی برایش تعیین کرد. جملاتی می‌نوشتند که هیچ قاعده‌ی صرف و نحو مشخصی را تعقیب نمی‌کرد. بعضی‌ها اسم خود را نقطة‌الحاء گذاشته بودند و پاره‌ای جهان را به مثابه‌ی یک ژ می‌دانستند.

این برای من که محقق سنّت‌های عرفانی قرون وسطی بودم، غیرقابل فهم بود، تا این‌که یک روز اتفاق عجیبی افتاد. هنگام خواندن یکی از متون عرفانی به خواب رفتم. در خواب چیزهای سیاه کوچکی از دور به سمت من می‌آمدند. فکر کردم کلاغ‌هایی به سمت من هجوم آوردند، اما کلاغ نبودند، نقطه بودند و همین‌طور که فرار می‌کردم دیدم که از اسم من هم نقطه‌هایی جدا شد و به نقطه‌های دنبال‌کننده‌ی من تبدیل گشت. اسمِ بی‌نقطه‌ی من هنوز داشت فرار می‌کرد که یکدفعه دیدم همه‌ی نقطه‌های تعقیب کننده‌ام سر هم وصل شده‌اند و به شکل یک خط بلند پیش هم قرار گرفتند.

بعد دیدم که اسم من دارد از قرار گرفتن روی خط جمله‌ای که باید به عنوان فاعل در آن استفاده شود، فرار می‌کند.

رئیس قبیله

گاهی فکر می‌کنم که وضعیت الان من شبیه آدمی‌ست که می‌شناختم. آن آدم که بود؟ اسمش م بود. م اعجوبه‌ای بود. در سال‌های آخر دبیرستان دختربازی بود برای خودش که لنگه نداشت. بعدش هم کنکور قبول نشد و رفت مالزی و از آن‌جا هم رفت ترکیه و از آن‌جا هم رفت بنگلادش و از آن‌جا هم برگشت مالزی و دوباره از مالزی رخت بربست و رفت دوبی و یک مدتی ماند و برگشت ترکیه و قاچاقی رفت به قبرس و توی قبرس مدتی آفتابی نشد تا آب‌ها از آسیاب افتاد و آمد به شهری که تویش به دنیا آمده بود و همه‌ی این سال ها یک پایش این‌جا بود و دختری که دوست داشت با یک نفر دیگر ازدواج کرد و رفت و یک روز بارانی که او را در حال قدم زدن در خیابان دیدم، به من گفت که این روزها خیلی حالی ندارد.

گاهی حس می‌کنم که وضعیت م، وضعیت یک جماعت است. منتها م می‌توانست رئیس قبیله‌ی این جماعت باشد، که نیست.

بدن‌بازی

گیرم من جابه‌جا شوم. تو جابه‌جا شوی. همه‌ی اشکال هندسی را بسازیم با هم. عرقت بریزد روی من. هیجان‌زده‌ی هم شویم. زودتر بشوی، چیزی نگویم که طوری نیست که طوری نیست. بروم. بیایم. بخندیم که یعنی باز. تکرار کنیم. با سیگار و ته‌استکان عرق جامانده روی میز. جلوی آینه خنده‌ام را پیدا می‌کنی میان ماتیک. هی اسمم را صدا کنی. سُر بخورم روی تو. مثلا میان اعضای بدنت گم شده‌ام. دست‌وپا بزنم. بخندی بگویی دیوانه. گیرم میانه‌ی این کاریم یا هر کار دیگر. اصلا تنها مهم است میان چیزی. سراغم می‌آید. کوتاه‌قد است و پیر. بدنش بدنی‌ست نامرسوم. اصلا تو را نمی‌شناسد. از ترسِ بیگانه‌ای که این‌طور به او هجوم آورده، جیغ می‌کشد. لگد می‌زند فحش می‌دهد. متکا را پرت می‌کند توی صورتت. خون لبت را می‌مکد. تو نمی‌بینی‌اش، تو تنها مرا می‌بینی که دست زیر سر گذاشته و به سقف خیره‌ام. دستت را روی سینه‌ام جابه‌جا می‌کنی و می‌گویی: «کجایی؟ راست بگو»؟

هر وقت خانه نیستی، چاقویی برمی‌دارم، می‌گذارم آن‌جا که تا به حال تو بوده‌ای. کوتوله‌ی گوژ می‌گیردش در بغل. راضی می‌شود.

اولیسس ساکن یوسف‌آباد

شباهت‌ها و تفاوت‌های ب با اودیسیوس ذهنم را به خود مشغول کرده: اودیسیوس سال‌ها در جزیره‌ای که موج‌ها دورش را فرا گرفته بودند، در بند مهرویی به نام کالیپسو گرفتار شده بود؛ مهرویی که چنان شیفته‌ی اودیسیوس بود که نمی‌گذاشت به خانه‌اش و پیش همسرش پنه‌لوپه بازگردد. ب هم در خانه‌اش در یوسف‌آباد نشسته بود و مهرویانی مدام به سراغش می‌آمدند. مهرویانی که او با آن‌ها به بازی عکاسی و شطرنج و تخته و مونوپولی و گاهی بازی‌ای که اسمش را بازی روزگار گذاشته بود، مشغول می‌شد.

دوست من در پی ثبت صمیمانه‌ترین شناختی بود که از مهرویانی که به خانه‌اش می‌آمدند به دست می‌آورد. او از آن‌ها در حالتی عکس می‌گرفت که چهره‌شان بیشترین اهمیت را داشت در عین این‌که کم‌ترین اطلاعات را بیرون می‌داد. چهره‌هایی که معادل شناخت او از دنیای زنانه بودند: زن، موجی سهمگین است که ما را مدام به ساحل پرتاب می‌کند.

ب اخیرا عکسی از صورت خودش گرفته است و زیر آن نوشته است: پنه‌لوپه‌ی من.

ب (۲)

در ادامه‌ی تلاشم برای پیدا کردن رگه‌های اساطیری در زندگی دوستم ب، ساکن یوسف‌آباد، به مورد عجیب و باورنکردنی شباهت و تفاوت او با پروتئوس برخوردم. در داستان ادیسه‌ی هومر، منلائوس، هم‌رزم قدیمی اودیسیوس، در جزیره‌ای اسیر می‌شود. نمی‌داند خدایان به چه دلیلی از او به خشم آمده‌اند، و نمی‌داند چگونه می‌تواند از آن جزیره فرار کند. یکی از خدایان می‌گوید پاسخ این سوال‌ها را فقط پروتئوس، پسر خدای دریا می‌داند.

اما پروتئوس کیست؟ پروتئوس یک نیمه‌خداست با دو قابلیت، یک این‌که می‌تواند به شکل هر حیوانی درآید، و دو، این‌که می‌تواند پیشگویی کند. منتها منلائوس برای بهره بردن از این دانش، نمی‌تواند سؤالش را مستقیم بپرسد. بلکه بایستی خود را در پوستین یک فُک دریایی پنهان کند و کنار فُک‌های دریایی دراز بکشد تا پروتئوس از دریا به ساحل وارد شود و خودش را بیندازد روی ساحل، کنار فُک‌ها، و به خواب برود.

درست در همین لحظه، وقتش از راه می‌رسد و منلائوس باید پوستین را کنار بزند و پروتئوس را محکم بگیرد. پروتئوس مدام از این شکل به شکلی دیگر در می‌آید. آن‌قدر شکل عوض می‌کند تا این‌که به شکل خودش در می‌آید. درست در این لحظه است که منلائوس بایستی سؤال خود را از او بپرسد و او جواب صحیح را خواهد داد.

شباهت او با دوستم ب، ساکن یوسف‌آباد، همین جا خودش را نشان می‌دهد. او هم ابتدا به هر شکلی که می‌تواند در می‌آید، هر شکل پاسخی است منطقی و درست و شگفتی‌برانگیز برای سؤالی که از او کرده‌ای. اما این پاسخ، او را در کنار بهترین چهره‌های ترسیم‌شده‌ی ادبیات قرار می‌دهد. کنار شخصیت‌های داستایوسکی و جویس. باید صبور باشی و به این پاسخ‌های برجسته تن ندهی. او از تصویری شوایک‌گونه از خودش شروع می‌کند و بعد تبدیل به دن‌کیشوت می‌شود و بعد خودِ داستایوفسکی می‌شود و بعد یکی از آدم‌های رمان ۱۹۸۴ و بعد رقاصه‌ای در کاباره‌ای که نازی‌ها در یک رمان به تسخیر خود در آورده‌اند.

این اما آخرین پناهگاه اوست. آن زمان رهایش کنید. سؤال خود را دوباره از او بپرسید. او قانع‌کننده‌ترین جواب را به شما می‌دهد. جوابی که شما را از جزیره‌ی او (خانه‌اش) به بیرون می‌برد و اسیر دریاها (خیابان‌ها) می‌کند، درست وقتی که او لب ساحلش (تختش) خوابیده و به این فکر می‌کند که این چه کابوسی‌ست که هزاران نفر را در خودمان جا داده‌ایم.

تصمیم

دنیا هر لحظه دوباره خلق می‌شود. در فاصله‌ی پلک‌زدن هر انسان. و چون هر انسانی به طور متوسط هر ۴ ثانیه یک بار پلک می‌زند، لحظه‌ای وجود دارد که همه‌ی مردم جهان چشم‌هاشان بسته است. در آن لحظه که هر ۱۰۰ سال یک لحظه است جهان دیوانه‌وار خلق می‌شود. آن لحظه، لحظه‌ی کن فیکون است.

زمانی یکی از جزیره‌های انسانی بعد از محاسبات بسیار و چند ساله، به زمان دقیق آن لحظه پی بُرد.

به جایی سرسبز رفت. به سر آن لحظه رسید. مردی در شهری دورافتاده بعد از یک روز سخت کاری پلک می‌زد. خواننده‌ای سر صحنه در اثر نور شدید یک فلاش پلک می‌زد. دانشجویی در اثر مواجهه با خطوط ناخوانای روی تخته پلک می‌زد و...و... و....

کافی بود خودش در آن لحظه پلک نزند تا تمام محاسباتش به هم بخورد و یا این‌که پلک بزند تا تمام محاسباتش بی‌هوده گردد.

دن کیشوت نیمه‌شب

نیمه‌شب از خواب پرید. کورمال کورمال از اوضاع بحرانی کلی و چند کشتار قابل پیش‌بینی مطلع شد. تا چشمش گرم بود، دوباره برهم گذاشت. در رؤیا کسی ساعتی را پیش رویش گرفته بود که وقت بیداری را یادآوری می‌کرد: بیست دقیقه. براساس خطور ذهنی تقسیم‌بندی کرد: چند دقیقه مشارکت در تظاهرات انقراض، چند دقیقه مبارزه علیه نسل‌کشی، مقداری به بحران سودان و کمی درباره‌ی هنگ‌کنگ. تغییر در عراق، ترکیه، ایران. نه گفتن به یک کاندیدای محلی. به دلیل بی‌برنامگیِ ناخودآگاهش، فرصت به چندتایی هم نرسید. دن‌کیشوتِ مبارزاتِ سیاسی از خواب بیدار شد، دست‌پاچه از اینکه در بیداری تعهدات سیاسی را قبوض آخر ماه بالانس می‌کند.

پاسداشت

بعد از چند سال استدعای فرامرزی به سرانجام رسید. از حالا این شورا بررسی محتوای هر نوشته‌ی فارسی خارج از مرز را برعهده داشت و در صورت تأیید، محتوای فارسی وارد گردونه‌ی محتوای آنلاین می‌شد. شورایِ عالیِ مجازیِ فارسی از امسال جلسه شعرخوانی‌ای برگزار می‌کرد که طی آن خیل شاعران آوانگارد خارج از کشور در حضور شورا به شعرخوانی می‌پرداختند.

مجلات کاغذی فارسی در خارج مرزها به طور کامل به خرید و فروش مسکن و بیمه تعلق گرفته بود و شب‌نامه‌های نویسندگانِ عقب‌افتاده گاه وسط قیمت عرضه‌ی یک خانه به اندازه‌ی یک شعار دهن باز می‌کرد. مجلس کانادا در پی مبارزات پارلمانی بودجه‌ای صرف آزادی بیانِ فارسی کرد که از نظر تحلیلگران بی‌بی‌سی دخالت در زبان دولتی دیگر تلقی شد. با این بودجه، یک تخته سفید آنلاین که هر کس هرچه دلش می‌خواست بر آن می‌نوشت، آغاز به کار کرد. در سر در این تخته سفید مجازی جمله‌ای از شورای مدیریت نوشته بود: فارسی زبان دولت ایران است. آن را پاس بداریم.

توسعه‌ی پایدار

اختراع دستگاه «ممیزی در حین چاپ»، انقلابی در فرهنگ در جامعه بود. این ماشین با پردازشگر عظیم خود قادر بود حین چاپ، موارد سانسور شده در نیم میلیون کتاب را جست‌وجو و در صورت وجود مشابهت در متن زیر چاپ، خودکار و درجا اِعمال کند. برای نویسندگان و ناشرین دو راه وجود داشت: یا امضای قرارداد پذیرش تصمیم ماشین، یا آنکه نسخه‌ی خود را به تنها هیئت ممیز به‌جا مانده که معمولاً در هرسال چند صد جلدی را تعیین تکلیف می‌کرد، ارائه دهند. دستگاه با نور خورشیدی کار می‌کرد و در ساختش از پردازشگرهایی که امکان بازتولید حافظه و عملکرد دستگاه را داشتند استفاده شده بود. نامیرایی و فهم قابل به روز شدن دستگاه خیره‌کننده بود و امید سانسورِ پایدار را می‌داد. با ورود این ماشین، دولت توانست بیش از نیمی از کارکنان وزارت فرهنگ خود را ترخیص کند و از واریز مبلغ به ده‌ها هزار استاد دانشگاه که پاره‌وقت به کار اصلاحات مشغول بودند، معاف شد.

یک پیروزی دیگر برای دولت در کاهش رقم هزینه‌ها در بودجه؛ واگذاری وظایف قوا به دستگاه‌ها از چند سال قبل شروع شده بود، وقتی که ماشینی با برداشت و تحلیل عکس افراد، در هر لحظه از روز که نور آفتاب یا هوای آزاد به بدن می‌خورد، به پوشش

زن‌ها نمره می‌داد و اگر نمره از سطحی پایین‌تر می‌آمد، منجر به بسته شدن موقت حساب‌های بانکی و اپلیکیشن‌های گوشی هوشمند می‌شد.

ممیزان سابق، مانند ضابطینِ از کاربی‌کار شده، به نیروی در جست‌وجوی کار تبدیل شدند. دولت برای مدیریت اعتراض نیروهای سابق به تأسیس «بیمه‌ی متعهدین» برای نیروهای بی‌کار شده تأکید کرد.

نسخ

نسخه‌ی اولیه حاوی هشتاد صفحه بود و جزو دروس لازم برای گرفتن مدرک پایه. پس از مدتی نسخه‌ی دیگری در بین اهالی فن ردوبدل شد که چهل صفحه بیشتر داشت. دو هفته که گذشت یکی از دوستانم با نسخه‌ای که از نسخه‌ی دوم چهار صفحه در ابتدا و چند صفحه در نتیجه‌گیری مفصل‌تر بود، پیشم آمد و آن‌قدر ماند تا به سرعت یک بار بخوانمش، و رفت. بعد از دستگیری دوستم محتاط‌تر شدم و هر چه محتاط‌تر شدم ردِ نسخه‌های بیشتری را در اینجا و انجا زدم. فهمیدم طبق برخی یادداشت‌های به جامانده، حتی نسخه‌ای هشتصد صفحه‌ای رؤیت شده یعنی ده برابر انچه امروز محصلین به اجبار می‌خواندند.

با مرور زمان، نسخه‌های جدیدی که می‌یافتم دیگر مرا به وجد نمی‌آورد و همیشه می‌دانستم نسخه‌ای کامل‌تر هم پیدا خواهد شد؛ نسخه‌ای که تمام یا بخش قابل‌توجهی از معنای این متن را عوض خواهد کرد.

بالاخره روزی یک جست‌وجوگرِ دیگر که تشویش و بی‌علاقه شدن من به نسخه‌های میانجی را دید، با حکمتی که تنها شغل ثابت به آدمی می‌بخشد، رو به من گفت: «خواندن این همه نسخه، جز گیج شدن فایده‌ای ندارد. بهترین کار این است که تا پیدا کردن نسخه‌ی کامل، به همان که وزارت‌خانه منتشر کرده بازگردی». بعد زیر ورقه‌ی

اجازه‌ی معلمی مرا مُهر کرد.

سر کلاس رفتم و شاگردها از سرجا بلند شدند. از حق نباید می‌گذشتم؛ نسخه‌ی وزارت‌خانه از حروف‌چینی و کیفیت چاپ بالایی برخوردار بود.

گودال‌ها

صبح که بیدار شدم حافظیه رفته بود هوا. نمی‌آمد پایین. سوراخِ روی زمین زیر قبر جابه‌جا می‌شد. استخوان‌های چند شاعر معاصر و یکی دو متولی قاطی شده بود با غبارِ حضرت حافظ. زمین را پس می‌زدند.

بمب، حضرت سعدی را شب قبل گودال کرده بود.

ما نشسته بودیم؛ بعضی کنار این گودال، بعضی کنار آن گودال. مشاعره می‌کردیم. شورمان که بالا گرفت به یک نویسنده مزدبه‌دهن فحش دادیم و هورا کشیدیم.

جشن تولد تلویزیونی

در پی قرنطینه‌ی مالزی، محل بزرگ‌ترین کارخانجات تولید کاندوم، دنیا با کمبود شدید و ناگهانی این ابزار پیشگیری مواجه شد. دولت استانی دستور داد برای حل این بحران، کارخانجاتی خط تولید خود را به سرعت تغییر کاربری دهند، و هشدار داد تا زمانی که نیاز خود را به واردات ابزار پیشگیری از بین ببرد، شاهد دوره‌هایی از کمبود در کشور خواهیم بود. در طول دوران کمبود، طبقات داروی فروشگاه‌ها، خرید بسته‌ی کاندوم را مثل نخود، پاستا و تُن ماهی محدود کردند. جوان‌هایی که در قرنطینه عاشق شده بودند دربه‌در دنبال افزایش سهام عشق‌بازیِ کم‌خطر خود بودند.

در کمپین‌های تبلیغاتی بازیگران، سیاستمداران و ملک‌الشعراها عاجزانه از مردم می‌خواستند مسئولانه رفتار کنند و تا می‌توانند دوران شیوع عفونت را به روش‌های انفرادی سپری کنند. به شهروندان تذکر داده می‌شد که عفونت برای زنان حامله احتمال بالاتری از فوت را دربردارد.

در کشورهای مذهبی اما این نشانه‌ای از خواست خدا برای بازگشت به روش طبیعی معرفی گشت. شیوخ، آن را شوخی عاشقانه یک ویروس با فرهنگِ رایج شهوت‌پرستی معرفی کردند. در یک برنامه‌ی زنده با حضور تهیه‌کننده و مدیریت شبکه، بسته‌ی کاندوم سوزانده شد و سالگرد ورود ویروس به کشور را با کیک تولد جشن گرفتند.

داستان آن قصه

یک قصه بود که به اول خودش اعتماد نداشت. به نظرش گذشته دست‌کاری شده می‌آمد. داستانش را از امروز شروع می‌کرد. معمولا روایتش از زمان حال هم پر از تپق و اِهِن و تلپ بود. زود هم ماجرایش تمام می‌شد چون آینده‌اش عمدتا تکرار مکرّرات بود. با این حال من نمی‌دانم (و احتمالا هیچ شنونده‌ای هم نمی‌داند) به چه جهت این همه اصرار برای تعریفِ خود داشت. از فرطی که می‌خواست شنیده شود گاهی وسط حرف دیگران می‌پرید و شروع به گفتن خودش می‌کرد. کم‌کم از این هم پا فراتر گذاشت؛ رفت، و بعد از هر نقطه سنگر گرفت. کافی بود در هر جایی از مکالمه‌ی دو آدم، یا یک تبلیغ تلویزیونی، یا یک متن مکتوب، نقطه‌ای بیاید، و این قصه از سنگرش بپرد بیرون و برود پشت بلندگو.

کم‌کم، هر کس حواسش پرت بود، می‌دانستیم که دارد این قصه را می‌شنود.

خیلی از ما با شنیدن قصه‌های او بزرگ شدیم. قصه‌های او معنای زندگی ما بود؛ از زبان مادری به ما نزدیک‌تر. از عشق اول به ما آشناتر. آخرین باری که قبل از مرگ به زندگی فکر می‌کردیم صدای آن قصه را می‌شنیدیم که داشت تپق می‌زد و با حرارت داستانِ نامفهومِ خودش را روایت می‌کرد.

بعد از خرید اسلحه

بیکار شدن این و آن، از جمله خبرهایی است که به سرعت دارد عادی می‌شود. وقتی که تا دیروز رگ گردنت از هر نقد وضع موجود بیرون می‌زده، و حالا در اولین ساعت بحران، در صفِ خریدِ تفنگ ایستاده‌ای، احتمالا تناقضی در میان است. مثل تناقضی که باعث می‌شود یک روزنوشت به یک حماسه اساطیری تبدیل شود. فرض کن یک نقطه در یک داستان هست که از آن نقطه به بعد اسطوره شروع می‌شد. مثلا این «(.)» برای خرید اسلحه از همسرم خداحافظی کردم و آرزو کردم روز کاری خوبی داشته باشد. او هم خدا قوّتی گفت و تأکید کرد بعد از خرید اسلحه، اگر شد، درخواست تعویق پرداخت قبض برق را در سامانه‌ی اداره برق وارد کنم.

تربیت احساسات

با همدردی استراتژیک، داشتیم به دیدار یکی که خانواده‌اش قتل‌عام شده بود می‌رفتیم. همدردی استراتژیک اصرار داشت کفش‌هایش را دم در نگذارد مبادا در شلوغیِ دم مسجد کسی آن‌ها را اشتباهی بپوشد. من گفتم ما که به مسجد نمی‌رویم. همدردی گفت: «همیشه بهتر است بدانم اگر برنامه جای دیگر بود چه می‌کردم». در محل که مستقر شدیم، با هُل دادن عکس قربانیان پشت یک دسته گل، غم به چهره آورد: «کاشکی این‌طور نمی‌شد». گفتم کم است. گفت: «نگران نباش! انسانیت من سر وقت به کار می‌افتد». با این حال، همدردی به صاحب عزا که رسید، ساعت انسانی‌اش از جا نجنبید. غم به هیچ‌وجه در او راه نیافت. حتی به بازمانده‌ی قتل عام گفت: «نباید عکس قربانیان را پشت آن دسته گل قایم می‌کردید».

بیرون آمدیم. نالید: «اگر از کودکی وارد عرصه‌ی سیاست شده بودم، احساساتم دقیق تربیت می‌شد».
از من خواست خودم را جای بازمانده بگذارم. بعد از تمرکزی نسبتا طولانی، در مقابلم اشک ریخت و به خاطر این فاجعه برای خود آرزوی مرگ کرد.

معلوم بود از اجرای دیرهنگام خود حسابی راضی‌ست، چرا که هوس شنا کرد. به استخر رفتیم و او کفش‌هایش را با خود توی آب برد.

بازجو

همگیِ ما را قبلا فرد واحدی بازجویی کرده بود. هرازچندگاهی دور هم جمع می‌شدیم و از سیاست و فرهنگ و هنر حرف می‌زدیم. و البته یادی از بازجوی مشترک‌مان می‌کردیم. از لابه‌لای حرف‌ها معلوم شده بود او گاه خودکاری را به سر جیب می‌گذاشت و گاه نه. موبایلش معمولا آویزان از کمربند بود و پیراهنش بیرون افتاده از گوشه‌ی شلوار. آن وجودِ حقیر گاه چیزهایی که هنوز نفهمیده بودیم چطور را می‌دانست و گاه چیزهایی که به نظرمان عجیب می‌آمد را به سادگی از زبان یکی دیگرمان شنیده بود. چندتایی از ما بهترین روزهای زندگی‌شان را پیش از ملاقات با بازجو می‌دانستند و چندتایی بعد از آن. یکی اما یک روز در وسط گریه اعتراف کرد بهترین ساعت زندگی‌اش همان بوده که بازجوی عزیزمان (اولین بار او بود که به بازجو گفت «عزیز») کتابش را با دقت هرچه تمام‌تر تجزیه و تحلیل کرده بود. می‌گفت چه‌قدر دوست دارد نظر آن کارشناس را درباره نوشته‌های بعدی‌اش هم بداند. بزاقِ ترس در گلو قورت دادیم وقتی نوستالژیِ لحظه‌ی تفتیش در ما بالا گرفت؛ لحظه‌ای که برگه‌ای به دستمان داده شد و زندگی درست مثل قیامتی که در گوشمان خوانده بودند، طولانی گشت؛ معلق بین عقربه‌های خستگی‌ناپذیر. در آن روزها دیدار او مواجهه با انسانی بود که چیزی می‌دانست که هیچ‌گاه با اطمینان نمی‌فهمیدیم. شاید همین عطشِ دردناکِ شناخت آنچه او از ما می‌دانست بود که نگذاشت هیچ‌وقت

صورتش را دقیق به خاطر بسپاریم تا سال‌ها بعد در شب‌های اضطراب در هر مردِ ساکتِ کناردستی، حتی در نویسنده‌ی زجرکشیده‌ی دیگر، جست‌وجویش نکنیم.

راستی ای عزیز! ای انسان! ای پاسخ همه‌ی پرسش‌هایم! اگر این را هم می‌خوانی برو به درک!

داستان آن حفره

یک‌حفره بود که گروه شبه‌نظامی از آن برای پرت کردن جسد مخالفینِ محلی‌اش بهره می‌برد. وقتی دولتِ مستقر در آن سرزمین دوباره حاکم شد، جسد مخالفین شبه‌نظامی‌اش را در همان حفره پرت کرد. قوای خارجیِ آزادی‌بخش استفاده از آن را جز برای پرت کردن اجساد غیرنظامی ممنوع کردند؛ کارخانه‌ها آن حفره را حق زباله‌های شیمیایی خود می‌دانستند؛ صنعت گردشگری اما از اهمیتِ زمین‌های حوالیِ حفره برای توریسم جنایت علیه بشریت سخن می‌راند.

جسدهای مخالف که مخالفت‌شان با چیزهای متضاد بود روی هم افتادند و خاک‌شان در هم آمیخت. از دریچه‌ی حفره، تفاوت جسدها در زمان هبوط و آغاز فاسد شدن‌شان بود. نگاه حفره، انسان‌محور بود و می‌خواست با تاریخ بشریت گره بخورد. لحظه‌ی هر سقوط را با ارزش‌های گروه‌های انسانیِ سقوط دهنده ثبت می‌کرد.

کتابِ تاریخِ بشریتش هنوز تمام نشده بود که مبتلا به تغییرات موسوم به اقلیمی شد؛ حفره چند سرفه‌ی خشک کرد و در گرد و خاک خود خاموش، و در گودالی خیلی عمیق‌تر محو شد.

ـ حسین آتش‌پرور: نگاه مهدی گنجوی، پیشرو و با مسئولیت، به انسان و پدیده‌ها، برآیندِ:
شایستگی‌های انسانی او از یک سو است و تربیتِ فرهنگی همراه با آمیختگی تجربیات آزاد و دانشگاهی از سوی دیگر؛ با پشتکار و ذهنِ پویای خود باعثِ خلق ادبیاتی می‌شود که جایگاه ویژه‌ای دارد. از زاویه‌ای دیگر، زبانِ داستانِ نسل خودش در آثارش دیده می‌شود و از سویی متفاوت و خاص ادامه می‌دهد.
مهدی گنجوی با خلاقیت و دانش، مرزها و جغرافیای داستان را جابه‌جا می‌کند و وسعت می‌دهد.

ـ محمود خوشچهره: در «انتظار خواب از یک آدم نامعقول»، که مجموعه‌ای از ۷۹ داستانک است، مهدی گنجوی تجربه‌ای متفاوت را ارائه می‌دهد. این داستانک‌ها سرشار از تخیلی وافر و درکی بدیع از موقعیت‌های گروتسک و تصاویر غریب هستند، غرابتی که در عین حال برایمان آشناست، یعنی همان unheimlich فرویدی. بسیاری از این داستانک‌ها تصاویر و رخدادهایی را نمایان می‌کنند که در عین تازگی ریشه در یک سنت ادبی دیرینه دارند که از دانته تا مارکز امتداد می‌یابد (جهنم دانته که در حلقه‌های مجازات خود دهشت بی حد را با کنش‌ها و انگاره‌های خنده‌آور در هم می‌آمیزد؛ جهان کافکا با حوادثی نامحتمل که محتوم و گریزناپذیر می‌نمایند؛ شهر اوژن یونسکو که در آن آدم‌ها بگونه‌ای درک‌ناپذیر به کرگدن بدل می‌شوند؛ و هزارتوهای بورخس و اکتاویو پاز).
در عین حال، زنجیره‌ای از جمله‌های قصار تمامی داستانک‌ها را به هم پیوند می‌دهد. این جمله‌ها که معمولا به شکل شاه‌بیت در پایان هر داستانک می‌آیند، با طنینی کنایی که با سوژه فاصله می‌گیرد و از بیرون نگاه می‌کند، به هر یک از داستانک‌ها عمق و پرسپکتیو می‌دهند، و این رویکرد حتی در داستانک‌هایی که راوی شخص اول دارند متمایز و آشکار است (هرتا مولر نیز از این شگرد فرمال در «آونگ نفس» استفاده‌ی مشابهی می‌کند).
ابژه‌ها نیز به شکلی هول‌انگیز، در سنتی که از سروانتس تا هرتا مولر می‌گسترد، در داستانک‌ها پدیدار می‌شوند: ماهی‌هایی که نیمرخ بر خاک افتاده‌اند، مبلی که صدای موج دریا از آن شنیده می‌شود، چاهی که در ته آن شاید بتوان با خود روبرو شد، بلندگویی که راوی را وامی‌دارد تا به قتلی که مرتکب نشده اعتراف کند، و ردیف دستشویی‌هایی که در تصویری سوررئالیستی جلو یک خانه مستقر شده‌اند. این ابژه‌ها در آن واحد هم حسی از تهدید و مخاطره را برمی‌انگیزند و هم سرشتی ابهام‌آمیز را القا می‌کنند.
اما این داستان‌ها در نهایت در قلمرویی که بیداری دیگر در شکل آشنای آن وجود ندارد به وقوع می‌پیوندند. چنانکه سایمون کریچلی می‌گوید، در موریس بلانشو دو گونه شب وجود دارد: شب نخست به قهرمانان تعلق دارد که بر شب چیره می‌شوند و، با فرو رفتن در خواب «دازاین»، بدن را در صبح روز بعد به سرچشمه‌ای از امکان بدل می‌سازند. اما شب دوم شب «هورلا»ی موپاسان است؛ شبی شبح وار که در آن نه خواب و نه مرگ ممکن است، و اینجا قلمروی کابوس و وهم است، آمبیانسی که تمامی این داستانک‌ها را احاطه می‌کند. در این فضای کابوس‌وار و وهم‌انگیز اضطرابی موج می‌زند که نمی‌خواهد فرو نشیند. اما یک صدای کنایی نیز وجود دارد که از بیرون به چیزها می‌نگرد و غالبا در فرم یک شاه بیت یا جمله‌ای ضربه‌ای که از منظری عینی و فرزانه بیان می‌شود گسستگی تندی در لحن ایجاد می‌کند و در صدد مهار کابوس و وهم برمی‌آید. و این داستانک‌ها در نهایت حاصل تقابل این دو لحن هستند.

ـ مهدی صمدانی: نزدیک کردن مخاطب به لایه‌های عمیق یک رویا کمترین کاری است که از مهدی گنجوی و این «داستان‌های کم»اش بر می‌آید. ور رفتن به این‌جا و آن‌جای تاریخ، دستمالی اشیایی که همه جا هستند الا دمِ دست، سیخ فرو کردن به کلمات گم و گور، بیرون کشیدن‌شان از پستو و جان بخشیدن‌شان، تا آنجا که صدایی وهم‌آلود هی سر از سطری چنین بردارد: دیگر خود را بجا نمی‌آوریم.
عکس روی جلد کتابش را ببینید، مانده‌ام فقط این قیافه‌ی ظاهرالصلاح و متین کجا و این مایه از طنز و گروتسک و شیطنت کجا!
به همین خاطر است می‌گویم اگر در یکی از روایت‌ها دیدید که از خوابِ باستانیِ یک کاریز مشغول استخراج منبعی از اکسی‌توسینِ فردِ اعلاست اصلا تعجب نکنید.

ـ ساسان قهرمان: از تنگنای بازیگوشانه‌ی «رازها» (نخستین داستان) در روایتی لطیفه‌وار تا حدیثِ خاطره‌وار «سرنوشت یک بیت»، از روایتِ نسبتن «واقع‌گرا»ی «مصاحبه شغلی» تا گزارش‌وارهِ تلخ «داستان آن حفره» (واپسین داستان)، لحظه‌لحظه‌هایی شاید از هر نظر به‌غایت گوناگون، از «نظرگاهِ راوی» گرفته تا سبکِ و لحن و تا دم-نگرش‌های اجتماعی، فلسفی، سیاسی، حسی، عاطفی، و...، این مجموعه‌ی ۷۹ لحظه-داستان انگار «غزل»ی است با ۷۹ بیت که هجو-وهم‌های ساده‌ی گاه شوخ گاه زهرآگین، چون بندی خون‌چکان از لابه‌لای کابوس‌های به‌نظم بی‌نظمِ آن می‌گذرد و چه خواب باشی چه بیدار، بیدارخوابت می‌کند؛ زیرا، «عجیب این است که هر بار که از رویاهایم برمی‌گردم واقعیت هولناکتر شده است» (از قصه‌ی «سفر»، داستانک ۴۲).